GAEA

Gaea

超無聊窮神

1

林明亞——著

超無聊窮神 1

目錄

第2.7章 …… 5
第1.1章 …… 13
第2.1章 …… 23
第1.2章 …… 31
第2.2章 …… 39
第1.3章 …… 63

第2.3章 …… 89
第1.4章 …… 119
第2.4章 …… 143
第1.5章 …… 173
第2.5章 …… 213
第1.6章 …… 257
第2.6章 …… 267
第2.8章 …… 323

本故事發生於與現實世界極度相似的架空世界，劇情純屬虛構，如有雷同實屬巧合。

第2.7章 白姓攝影師

「咦……爲什麼，我、我會看見你們？不，是你們看得見我？」

小菜驚愕地看著讀者們，接著匆忙端正自己的儀容，先撫平胸前寫著「喪鐘」兩大字的寬大T恤，讓白得一點生氣都沒有的布料蓋住一點生氣都沒有的雙腿。確認下半身沒有一吋肌膚暴露在讀者們的視線中，心頭的巨石稍稍放下，旋即又想到自己死人般的臉沒有遮住，立即用比先前更快的手速，拉起筆直及腰的長髮，宛如關上了窗簾，擋著全部的容貌。

雙手連忙負於身後，象徵窮神的灰色光芒淡到快看不見。

「奇怪了……我們神的世界與塵世如同兩條永不交集的平行線，只是我們可以跨過去，他們無法過來……等等，你們是……第三條世界線嗎？」

「不知道？嗯……我也不知道，我甚至不知道爲什麼突然擁有觀測到你們的能力，也不知道這個能力是不是只有我有……嗯，應該不可能吧……對，畢竟我不過是個、是個很無聊、很無用的窮神。」

「反正，我……應該會去請教別的偉大神明，看看這個能力是怎麼回事，嗯，應該吧，我應該會去問問。」

「喔？什麼？原來你們購買這本書是想聽故事的啊。故事？我的故事嗎？」

「可是，這、這……我這種窮神超無聊的，業績差不說，還沒有什麼朋友，哪有什麼故事可以說。要不然我認識一位財神叫作阿爺，肯定有很多的精采故事……啊不過，他最近很忙。」

「啥?你們居然看過了!」

小菜喪氣地跪坐在地上，身子斜斜地歪向一邊，唉聲嘆氣，非常苦惱地搔搔頭。

「沒辦法，那就只有我了，不然、不然……如果你們不嫌棄的話，我跟你們講講窮神這樣惹人厭的神明，平時都在做什麼好了，只是，我想想……這可能得透過我最近接的兩個案子說起……如何?你們會想聽嗎?」

「如果不想，我也沒辦法，去找這本書的作者負責吧……」

「對，我目前能想到的，只有這樣，如果你們沒意見……我就開始說囉，不，等等，我應該先介紹窮神到底是怎樣的神明吧。」

小菜靦腆地咬著大拇指指甲，整張臉微微地歪向一邊，慢慢沉澱緊張的心靈，回憶了整個漫長的生涯，在這個四周無人的墓園放空，整個時空隨之暫停，連讀者們都不知道是怎麼回事。

「啊……抱歉。」她回過神來，尷尬地苦笑道：「是這樣，塵世的機運是有限度的，有失有得、有捨有取，沒辦法用數字精準地計數，我也沒辦法告訴你們機運的真實樣貌，總之，你們可以簡單地把機運想像成際遇、財富，而窮神與財神則是控制機運的神明。」

「同時，不管財神或窮神都被天庭賦予業績上的壓力，財神需要在一定的時限中送出財富，窮神就需要在一定的時間中奪走財富，我們不是敵對的關係，反而像是接生婆與送葬者的關係……這樣懂了嗎？當然人們會爲財神建廟立像，卻對窮神唯恐避之不及，無論在何處總是有不公平的待遇呢。」

「沒關係，我早就習慣這樣的差別待遇了……喔對，你們一定會很不解，認爲業績壓力根本不是問題，只要隨便找個看不順眼的倒楣鬼讓他傾家蕩產不就好了？是吧？不對喔，如果這樣胡搞的話會被天庭，以及旗下的糾察單位『城隍』盯上，狀況會馬上變得很不妙。」

小菜想起過去前輩的可怕下場，不自覺輕撫自己平坦的胸脯。

「窮神會去判斷這個人的『財格』深淺，如果是個吃喝嫖都不缺的賭鬼，我們當然就能盡情去奪走他的財富，所以強者恆強、窮者恆窮是有道理的，那種抱持著『再賭一把說不定能鹹魚翻身』的傢伙，正是我們窮神的最愛，鹹魚永遠會是鹹魚，不會變成漂亮的金魚。」

「至於……我們到底怎麼運用神權，這牽扯到干涉塵世的高深問題，老實講……我到現在也搞不清楚，說真的，我也沒遇過搞清楚這個問題的神，說不定規定這一切的天庭本身就是很任性的存在吧……」

小茱不知不覺又再度扯遠，好險及時想起，歉然道：「抱歉、抱歉……因爲這個問題實在困擾我太久了，我常常在想，如果，人的一生全是自我選擇建構而成的……那我們，神明這種東西，到底又算什麼呢？」

「我想你們應該聽不懂吧？沒關係，反正也沒人懂……」

她的話語聲越來越低，直到騰挪了位置爲止。

將長髮的一邊勾至耳後，她在這片蕭瑟靜默的墓園繞了一圈，最後選定在一個長方形的大理石墓碑前止步，左側有一棵彎腰的大樹，片片泛黃的樹葉如同天然的冥紙緩慢地撒落，有的墜在惆悵的墓碑、有的落在隆起的土堆，一點點的聲響皆無，靜得莊嚴肅穆。

小茱挽起過長的衣襬，秀氣地坐在墓碑的旁邊，像是約了久違的老朋友，在無人的安詳公園見面。

她側過頭，注視著墓碑，就算已經隨著時間過去，上頭的字有些斑駁，但仍是乾淨的、無染的。

上頭有姓名、有一張女性的照片、有一組出生的日期、有一組與這個塵世告別的時間……彷彿其高高低低、有起有落的人生，用幾個字、幾個數字就能概括，簡單得令人深刻領悟，何謂生不帶來、死不帶走。

小菜輕輕靠在墓碑的側面，撫摸著冰涼、堅硬如死屍的相片，徐徐地向閱讀這本小說的讀者開口……

「不嫌棄的話……我開始說了，故事可能會有一點無聊，請不要介意好嗎？」

第1.1章 李姓攤商

「千屈菜小姐！」

小菜聽見有人呼喊自己的全名，覺得有幾分不妙，心臟跳得特別快。

這裡是廢棄的內壢樂園，她蹲在一個彷彿被全世界遺棄的位置。

許多神明對她的怪癖感到好奇，畢竟神明無所不在，要嘛杵在廟宇享受香火、要嘛應信徒之請在私宅接受供奉、要嘛自由自在想去哪就去哪……真的很少神明待在這種鳥不生蛋的地方。

那團灰色的光芒，可以說是與周圍的敗破同化，一點都不顯得突兀，如果說遭到遺棄的樂園本來就該出現灰濛濛的霧光，想必也沒有人會感到奇怪。

被唾棄的神明跟被遺棄的樂園只能說是絕配。

她抬起頭，慢得像是需要許多年才能變換一個姿勢，期間，一位財神與一位城隍的身影映入眼簾，是老朋友阿爺和迎春，一對奇怪的雙神組。

他們已經不是第一次連袂找上門來，往往這樣找上門來都沒什麼好事……

尤其是阿爺特別親切的時候。

麻煩程度會跟阿爺的親切程度成正比。

「千屈菜，我最敬愛的千屈菜小姐，我來了。」阿爺一身筆挺的西裝百年不變，倒是那條長到褲襠的紅色領帶，有如哈巴狗吐出的舌頭。

「阿爺，你這麼親切，我有點害怕。」小菜苦著臉，混沌的雙眸藏在黑色劉海之內。

「我是爲了林音而來。」

「那我更害怕了。」

「先不要害怕，聽聽我的建議之後，說不定會感謝我呢。」

「我能阻止你開口嗎？阿爺。」

「不能。」

「……」

「既然如此，我就直說了。」阿爺在認識多年的好友面前，沒有要客氣的意思，

「我打算跟林音解除結緣的關係。」

「阿爺不看好她的未來了嗎？」小菜有些詫異，還記得當時因爲林音掀起了多大的風波。

「這個說來複雜，請允許我用快轉的方式敘述，吧啦吧啦，好，事情就是這個樣子。」

「……你根本什麼都沒講吧？」

「一切盡在不言中。」

「對她的長期未來我還是看好，只是短期嘛……用股票的術語來說，就是短空長多。」阿爺笑得異常燦爛，這種笑容通常會在推銷黑心商品的不肖業務臉上出現。

小菜自認自己沒多聰明，但避開前方深洞不要踩下去的智力還是有的，「既然是長多，阿爺是想害死我嗎……」

「眼前的短空，正是窮神最佳的機會。」

「……」

小菜不敢答應，也不敢否定，只好將選擇付諸於沉默。對她來說，的確是需要業績來應付天庭的要求，縱使阿爺的名聲不好，做事風格瘋瘋癲癲，可是這百年時間真的相當照顧自己。

如果在一般狀態，她早就說謝謝，欣喜地收下業績了。

事關林音，便非一般。

他們三神，兩站一蹲，在荒廢的樂園中，象徵財神的金光壓得灰芒喘不過氣，小菜委屈地想，無論在哪裡，會帶來福運的財神永遠是最耀眼的存在，哪像窮神……

她沉默一段很長的時間，長到阿爺的燦笑有一點乾，才忽然抬起頭，看向面無表情的迎春。

迎春身爲一位遭到停牌處分的城隍，跟在阿爺身邊學習已經有一段時間，突然迎來小菜無害且無助的眼神，頓時感到徬徨，彷彿有很多話想說，卻有苦說不出。

「這個時候，我不信阿爺，信妳。」小菜乾脆開口挑明。

「我……」迎春的外表和時下的女高中生無異，可是掩在粉紅色髮絲後的眼睛已經有幾分滄桑，「我只能說，他沒有惡意。」

「超惡意的財神會沒有惡意嗎……」

「……對。」

「到底發生什麼事？」

「有一些橫財是不能賺的，有一些業績是不能收的……」迎春說到一半，就被阿爺握住了左手。

「不能收的業績？」小菜聽到關鍵。

「是對財神來說不能收，但對窮神來講無所謂。」阿爺不得不跳出來解釋，嘴角的笑消失不見。

「爲什麼？」

「我不想說……」

「阿爺也有不能說的話嗎？」

「應該說是，比較難面對的事。」

阿爺說得不清不楚，迎春又接著補充下去，「反正，妳可以先觀察林音一陣子試試看，覺得沒問題的話，再考慮結緣……他並不是在強迫妳。」

「是嗎，我明白了……」小菜愣愣地點頭，一點都不明白。

「唉……」阿爺嘆一口氣，總覺得過去常用「相信我就對了」之術效果漸糟，一如往常伸手想拍拍小菜的頭頂，卻被迎春早一步撥掉，他不以爲意地繼續說：「妳覺得莫名其妙沒關係，但我還是將林音交給妳了。」

「爲什麼是我……」

「因爲我覺得財神救不了她。」

「林音需要被拯救嗎？」

「需要。」

「我們可以拯救所有需要拯救的人嗎？」

「不能。」

「那爲什麼……」小菜傻傻地問。

阿爺似笑非笑，明明像極過去千百年那個輕視人心的方士爺，卻意外說出全然不同的話，「我看見了，就不能再假裝自己沒有看見。」

像極，那就代表不一樣，這點對於久久才能見到他一次的小菜而言格外強烈，一樣的清秀臉龐、一樣的雅痞風西裝、一樣的方頭皮鞋、一樣的玩世不恭，不一樣的阿爺，然而，小菜無法明確地指出哪裡不一樣，只能弱弱地提出更多疑問。

「連財神都救不了林音，那窮神就可以嗎？」

「對，可以。」

「阿爺不是一直認爲，我們神明不過是旁觀者嗎？既然如此，我該要怎麼救呢？」

「……」阿爺很詫異，沒想到平時懵懵懂懂的小菜會提出這樣的問題，收起玩笑之心，嚴肅地回應，「過去我的確是這麼認爲……但我現在覺得不太對勁，具體上，我說不上來。」

「改變你的，是迎春嗎？」

「什麼？」

「她改變了你。」

「妳覺得我有可能被這種……這種腦部構造簡單到跟蠶寶寶差不多，足以收錄在國小自然課本的城隍改變嗎？」阿爺一口氣說一大串。

「嗯。」小菜嗯一聲。

「那我們先走了，還有其他的案子要忙。」自討沒趣的阿爺像吃了一記悶棍。

「小菜，拜託妳，讓我們再阻止一場悲劇。」認真的迎春甚至沒第一時間追究某張臭嘴的責任，先淡淡地說出了請求，「有任何需要幫忙的，請一定要聯繫我……或是方士爺這種無用廢物也行。」

「可是、可是，我……」小菜像是又想到了什麼，捏出一團灰霧，一臉的自卑與猶豫。

「妳不喜歡灰色的光嗎？」

「很討厭。」

「那我教妳一個方法。」

「嗯？」

「走進塵世吧。」迎春拍拍她的肩。

「那、那……我試試看，請……不要有太高的期待。」小菜用這句毫無志氣的自白，向兩位朋友道別。

她蹲在原地，除了道別的揮手，其餘皆保持一樣的姿勢，小菜看著他們走遠，耳邊聽著遠遠傳來的男性哀號與求饒聲，腦袋瓜內的疑問一個一個冒出來。

「迎春也變了……他們的手為什麼從頭到尾都牽在一起呢？」

小菜緩緩站了起來，長久以來除了出差工作，向來都習慣待在這座與世隔絕的樂園，這並不是她生性孤僻，也不是特別喜歡荒蕪的場景。

就算嘴巴上說喜歡，亦不過是懶得解釋的說詞，實際上，她是擔心自己、擔心周身如霧霾的光，會將不幸帶給更多人。

窮神是不祥的，窮神就該自我隔離。

可是，有一些問題，必須走出去，才找得到答案。

第2.1章
白姓攝影師

「小菜菜，妳好唷～」

不遠處傳來精神抖擻的招呼聲，小菜坐在停駛不動的雲霄飛車上，看向許久不見的愛神……眼角頓時產生抽搐的現象。

從外觀年齡來說，兩女都是二十歲上下的年紀，但從穿著來說，卻是天差地遠，名爲樂芙的愛神，走的是動漫風格的打扮，長到不方便生活的俏皮雙馬尾，短到在走光邊緣的迷你裙、上下開口露溝、露肚子的上衣……活生生就是角色扮演的表演者，大腿刺著一道與咒文相差無幾的文字，更爲這性感的裝扮增添幾分神祕氣息。

小菜是在當初芬芬的事件中認識她的，不對……應該是在芬芬的事件後被她纏上。這種異常自來熟的性格，小菜完全招架不住，完全不知道該怎麼跟這位愛神相處。如果說財神是站在窮神的另一面，小菜依然能在阿爺的祥瑞金光中瞧見一團的黑暗，從黑暗內找到一些和自己相似的陰霾；但樂芙不同，她的粉紅色光芒是純淨無瑕的粉紅色，沒有一丁點的雜質，耀眼，近乎刺眼。

每回樂芙找上門來，都讓小菜如坐針氈……

「妳、妳好……」小菜禮貌地招呼。

「欸欸欸，我問妳喔，妳覺得神與神之間會發展成戀愛關係嗎？」樂芙自顧自地坐上雲霄飛車，劈頭就扔出一個問題。

「……」

「妳說，能嗎？」

「……」小菜跟不上這麼快的節奏。

「欸，能嗎？」

「喔……據說神有七情，沒有六慾……」

「對對對，不過，沒有慾望的愛情還算是愛情嗎？」

「我、我不知道……話說回來，妳找我有事嗎？」

「妳有聽到阿爺跟迎春的傳聞吧？」

「沒……應該沒……」小菜偏過頭，回想起之前見面，阿爺和迎春的樣子。

「他們就很曖昧啊。」樂芙激動起來，臉頰浮起一層迷人的緋紅色。

「曖昧？」

「對，我特地去找他們面談。」

「爲什麼？」

「拜託，我是愛神欸。」樂芙說得理所當然。

「所以……呢？」小茱赫然發現自己依舊沒跟上節奏。

「所以，我單刀直入問他們是不是在談戀愛。」

「……」

「結果，一個瘋狂譏笑我腦袋有洞、一個怒氣沖沖恨不得戳我幾劍，嗯嗯，他們果然是在交往。」樂芙擺出「果然沒錯」的驕傲神情。

「等等，我覺得應該不是妳想的那樣。」小茱想要阻止，卻顯得無力。

「哎呀妳不懂啦，這叫傲嬌，懂嗎？」

「這、這是什麼跟什麼呢？」

「傲嬌就是口是心非的意思，是陷入戀愛的人常有的獨特情緒。」

「……」

「眞的，信我。」樂芙拍拍胸膛。

「好吧。」小茱已經無話可說。

原本她以爲這樣的句點式發言，能讓這場對談……不，最好是讓這場見面結束，但她小覷了這位愛神的溝通能力，沒想到直到此刻才是準備進入主題而已。

「今天來找妳，其實是想轉移一名結緣對象給妳。」

「給我？」

「對，我看妳很需要業績吧？」

「嗯……」小茱無法否認。

樂芙收起嬉笑的態度，認真地說：「事情是這樣的，經過芬芬與歐陽帶給我的教訓，我深刻地反省與檢討，認為神明在結緣之後，應該好好照顧信徒，觀察後續的發展，調整神權的威力。」

「是……我們窮神還能用輪班解決，愛神就不行了。」

「對啊、對啊！太不公平！天庭是混蛋！」樂芙抱住小茱，額頭頂在對方的肩膀左右磨蹭，「我的娛樂時間幾乎消失了，不能追最新的動畫、不能跑場次、不能玩cosplay，那我活著還有什麼意義嘛，我不管、我不管，我要罷工，嗚嗚嗚……」

「妳……」小茱沒料到她正經不到三十秒，居然又完美地跑題。

「不管、不管、不管……小茱茱陪我一起罷工好了。」

「等等，妳說經過深刻的反省與檢討……之後呢？」

「喔，之後，我打算撮合一對看起來就很登對應是互有好感的男女，他們又路過了月老廟，啊當然我就很識相給他們牽上紅線……再來、再來……」

「再來……等等，只是路過？」

「唉。」

樂芙全數想說的都融入這聲嘆息。

小菜仍一頭霧水，等待著嘆氣後的說詞。

「我只能說，這是一段很糟糕的壞姻緣，如果我再讓他們堅持下去，勢必又會重蹈歐陽與芬芬的覆轍，那不如我先親手把紅線剪斷……相信妳也知道，一段戀情走到殉情或是出人命這一步，實在是一名愛神最悲哀的時刻。」

「……」小菜似乎被這種悲哀感染了，靜靜的。

「我們經過這麼漫長的時間，的確看過太多生死，可是……只要有一條命是因自己而消逝，哪怕是牽連甚遠的渺小因果，都會讓我難受好長好長一段時間。」樂芙幾乎說出跟阿爺相同的意思。

小菜記得很清楚那句「我看見了，就不能再假裝自己沒有看見」，卻沒想到這句話背後眞意的緣由，會是從樂芙口中說出。

「大概就是這個樣子吧。」樂芙察覺失態，連忙不好意思地苦笑。

小菜不解地說：「剪斷就算了，可是妳還把他推薦給我……」

「這是兩碼子的事，妳到底要不要業績？」

「要是要，但是……」

「還需要但是？」

「喔。」面對樂芙的反問，小茱只能給出最簡單的回應。

對比阿爺……無論如何樂芙的推薦絕對比較安全，一個是金裡藏黑、一個是純粹的粉紅，自己都能與林音結緣，沒道理不能去探探樂芙建議的人選，反正建議只是建議，眞正的狀況總得見過之後才能判斷。

「給我姓名吧。」

「白熊。」

「白色的熊？」

「對，姓白、名熊，這是男方。」

「眞古怪的名字……」

「名字叫作千屈菜的神，哪有資格說人家啊。」樂芙打趣道。

啞巴吃黃連的小茱輕輕地問：「女方呢？」

「這位女方……不適合窮神。」樂芙意有所指地笑了笑。

第1.2章 李姓攤商

只有這個時間，林音才能感覺好些。

已經十九歲的她，身穿四維高中的女生制服，梳妝得整整齊齊，連一點自然產生的褶痕都沒有，黑色的長髮沒有一根跑出髮圈的限制範圍，又柔又順地束成馬尾。

她雙腿併攏坐在馬桶上，雙手擺在大腿上使用手機，即便是在絕對私人的隱密空間，依然保持端正的坐姿，全神貫注地看著螢幕顯示的訊息，嘴角揚起輕鬆的微笑。

「終於等到滿千免運了。」林音趕快將本來就預計要買的口紅拉進購物車。她的自言自語迴盪在體育館的女廁中……一下子就被吹進的秋風蓋過。

拍賣網站數十萬件的商品寄售在一家沒有實體的賣場，一年三百六十五天、一天二十四個小時絕不打烊，是林音在任何時刻都能走進去的解憂空間，像琳琅滿目的心理諮詢師排排站著，等待她訴說任何憂愁的煩惱。

女孩子總能用不方便的理由，放棄造成滿身臭汗的足球課，這是她這位品學兼優的好學生唯一不優的時刻。

「這細跟高跟鞋真好看……」她低吟幾聲，旋即疑惑道：「我的九折券不知道能不能搭這波週年慶的活動？」

想知道答案的方式很簡單，只要拖進購物車，系統自然會算出能不能。

廁門外響起三位女孩的閒談聲，上課時間一同來上廁所比較有伴。

林音恍若未聞，依舊專注在賣場。

「托特包，這種復古粗麻條紋的款式挺好看的。」她苦惱地側著頭，接近五位數字的價格是苦惱的原因。

「是音音嗎？」外頭其中一位女孩似乎聽到聲音。

倒是林音完全沒有察覺，正認眞地搜尋比價網或是其他相關的優惠活動，相同的托特包在不同的賣家有不同的價格，當然，價格的差異並不大，高低差異在百分之五內，可是，這百分之五正是她的樂趣所在。

別說是百分之五了，只要能省個一百元的運費，林音就願意爲此找上一個小時，不過是動動手指，何樂而不爲呢？

如果再去比各家信用卡的聯名合作，或各大團購網販售的禮券，精算到手續費、卡費利息等等，她可以用掉一個下午的時間，來節省幾十塊台幣。

「有沒有人呀？」

「我剛剛好像也有聽見聲音。」

不管外頭的對談，林音沉浸在不足十吋的方寸之間，注意力已經從托特包轉移到網路書局的過季雜誌特賣，這是她的另外一項興趣，閱讀時尚雜誌，將自己投射在光鮮亮麗的模特兒身上，享受站在潮流尖端、出現在其他女孩嫉妒的視線中。

「欸，妳們會不會覺得林音很難親近？」

「我早就說過了。」

「突然轉學到我們這種鄉下學校，本來就怪怪的。」

「不知道該怎麼說，妳會發覺林音就算跟我們親切地說話，但說的全是不著邊的廢話……」

「對對，比方說我上次問她指甲油是哪個牌子的，她只是微笑地回答『妳的顏色也很好看』，乍聽之下我是挺高興，然而後來想一想……」

「她認爲自己用的牌子我們買不起，乾脆敷衍幾聲。」

「不只……她根本就是擔心我會跟她用一樣的牌子，害自己的手指頭掉價。」

「哇，超過分。」

「總覺得她和我們有隔閡，不愧是十九歲的大姊姊，呵呵。」

「眞的十九歲？不是傳聞而已嗎？」

「我上次在辦公室看到她的個資，確定是十九歲。」

「都快成年了，還來讀高二？」

「嗯，我上次直接問她是不是中途休學，然後她又跟我說些在美國留學的事。」

「眞的假的？好厲害欸。」

「誰知道，雖然她的英文成績很好……不過，既然都留學了，爲什麼拿不到畢業證書，要轉到我們這種爛高中？」

「果然有鬼……」

「每次看到她在老師面前故意當好學生就討厭。」

「她每次在男生面前賣弄姿色才是眞的討厭好嗎。」

「對！」

「像棒球隊的葉學長約她去看電影，她就故意擺高姿態，洋洋得意的樣子，噁。」

「咦？什麼時候的事？妳說的是擔任投手的葉學長嗎？」

「不然呢？」

「靠，是我的菜耶。」

「來不及囉，大姊姊就是有一套。」

「好賤！」

「汝貞，妳小聲點啦。」

她們發覺交談的音量過大，立刻控制聲量。

再來，她們刻意壓低對話的聲音，猶如聒噪的小鳥嘰嘰喳喳，如果不靠近距離，完全聽不懂內容，所以林音確實徹頭徹尾都沒有聽進去一句話，專注在某個保養品品牌的優惠活動。

外頭還在嬉鬧，話題早已轉移。

裡頭僅有指尖滑過螢幕的寧靜，什麼都沒變。

外頭的少女們離去。

裡頭的林音再過了一陣子才總算滿意購物車裝的商品夠多。

她打開廁門，洗手台上的一面方鏡隨即映入眼簾。

鏡面書寫著「林音是老婊子」這五個字，用口紅寫的，血腥的暗紅色。

這簡直像匿名的公告欄，在女廁對所有女學生公告有人對林音不滿。留言者並不知道林音在此，她只是希望這股敵意能四散外溢，卻沒想到暗招成了赤裸裸的挑釁。

林音習慣性地洗手，細細觀察這幾個字，想不出自己會被稱爲老婊子的原因。

用濕的手抹掉歪七扭八的字體，鏡面恢復原本的明亮，清楚地看到鏡中的自己。

不用用舊照片對比，她就能確定這張臉與國中時的自己、育幼院時的自己不同了，成熟、嫵媚，同時也變得陰沉，瞳孔中再無一絲光彩。

這算是長大了，還是老了？這算是歷練了，還是累了？

林音捏捏自己的臉頰，才發現沒洗乾淨的口紅，一抹一抹地沾在手上，就像手中染滿了鮮血。

她用洗手乳，在雙掌中搓出許多泡泡，希望這些泡泡能帶走如此觸目心驚的顏色，可惜沒有，紅色只是變淡，淡得接近看不到，卻依然頑強存在著，彷彿永不消失的黥面。

下課鐘聲響起，待會女廁就會出現許多人。

趁最後短暫的時間，她從口袋中掏出手機，讓螢幕顯示購物車的頁面，上面一條一條明列著商品名稱與商品價碼，是剛剛努力取得的折扣，宛若戰績表般高高掛著。

她盯著螢幕，不動。

耳朵已經能聽見屬於下課時間的吵鬧聲在接近。

她垂下頭，沒有去看最下方的匯款總額，直接迅速地刪掉購物車內所有的商品。

林音不看，是因爲無論數字多少，她都買不起。

第2.2章

白姓攝影師

小菜不想離開杳無人煙的廢棄樂園。

但是，這不代表她不能離開，或是不願離開。

沒有人是天生熱愛孤獨的，也沒有神會熱愛孤獨，她當然可以像其他神明一樣，在塵世中到處亂走，享受最新的影音娛樂、品嚐各式世俗美食……問題是小菜不敢。

她每次見到纏繞身子的灰色光芒，就開始擔心萬一帶給無辜的人霉運怎麼辦？縱使明知自己控制神權的能力相當熟練，不可能讓窮神的神權如傳染病一般四處擴散，卻依然擔心那根本不存在的意外。

直到迎春告訴她，走進塵世吧，她才試探性地跨出神的世界，身上骯髒的光芒消失了，就算什麼都沒有改變，窮神還是窮神，神權的效果依舊存在，可是不同了，一切都不同了。

當小菜站在某條巷子中間，觀察無數來來去去的行人與車輛，幾乎肯定失去貧末蒼光的自己與尋常人沒有差異，根本可以說是一模一樣，自己如同一小粒砂石，隱匿在一望無際的沙洲。

好開心，這是她從未有過的感覺，雖然這樣盲目地跨入塵世有一點可怕，但她自信時間可以越拉越長，說不定……說不定以後就能夠再也不用回去遭到廢棄的樂園，不必讓自己被遺棄。

所以，當樂芙提出建議時，小菜理所當然選擇跨入塵世，默默地評估著白熊的際遇、個性與最重要的財格，這就跟投資股票一樣，需要長久的事前研究。

一位樂觀向上、天資聰慧、野心十足、目光精準、永不言敗的人，無論窮神如何阻撓，帶來了多少可怕的霉運，終究還是會成功的，這個就是財格，無法確切地計算出來，只能憑財神與窮神的經驗推論。

財神無法隨心所欲地讓人發大財，窮神不能單憑好惡地讓人損失資產，如果濫用神權不照天理，暗中潛伏的城隍就會跳出來給予懲戒，於是神明都是戰戰兢兢地工作，希望順利累積自身福報。

小菜是個績效很差，卻認真不怠工的窮神，要跟一個人結緣之前，至少要觀察對方一小段的人生。

她過去是在神明世界，用超然的角度觀察，現在則是直接親身接近感受，當然……依她的膽量，也只敢遠遠地偷看幾眼，很多時候還會迷路找不到人。

今天，在都會公園旁，又跟丟了。

「唉……」小菜感嘆自己的方向感不好，但沒有懊惱之情。

都會公園很美，即便走在邊緣的廣闊人行道，往裡頭一瞧，萬紫千紅的花卉表達出強烈的繽紛，當一陣風吹來，那一片花海捲起的浪潮，更是美得眩目……

工作歸工作，她也不是常常分心的。

有著白熊這種奇怪名字的男人，人如其名，眞的像一頭厚實的熊，一百八十幾公分，快九十公斤的塊頭，堪得上「魁梧」這種形容詞，唯一不對的就是他常在烈日下工作，皮膚晒得有點黑，叫黑熊會比白熊更貼切。

大學畢業沒幾年，臉上還有著學生對未來的迷惑，目前是一名全職的美食外送員。

顧名思義，這種工作的運作模式，是顧客用手機ＡＰＰ訂購附近餐廳的食物，然後在家悠閒地等待外送員去排隊跑腿，在一定時間內將美食送到自己的家，給予不算多的費用。

像這樣不太穩定的工作，已經進入窮神的雷達範圍了。

根據小棻這段時間的初步調查，白熊算憨厚老實的好人，平時騎著電動機車，認眞工作到處接單外送，即便與餐廳、顧客的互動當中，客氣禮貌、童叟無欺，一直以來業績還是不好，頂多算勉強度日。

舉個例子來說，運送的速度越快，就能送更多趟，賺到更多的錢，不過白熊情願將食物小心包裝，冷熱分區，索取可能有的折扣或贈品，再安全地送往顧客家中。

他的口碑很好，收入卻不會增加。

小菜停下腳步，取出口袋的筆記本閱讀，找到白熊的人際關係這項，親戚方面幾乎沒有聯絡，可以先省略不談，朋友倒是有不少，全是過去的老同學，到現在仍有密集交流的人名字叫李明，她僅是透過偷聽電話內容判斷兩人的關係，並沒有親眼見過。

以上，其實都不是重點，眞正的重點在於他的戀愛關係……小菜合上筆記本，緊緊盯著灰色書皮，心中五味雜陳，難怪樂芙會匆忙逃脫，將白熊交給自己。

失去愛神的紅線，白熊與女友的關係已將降到谷底，名存實亡。

從運勢來看，這名叫作金萱的漂亮女人實在是個……禍源，如果不說性別歧視的問題，用紅顏禍水來形容只能說勉強算是貼切，原本白熊有機會擁有的光明未來，或能吸引到財神襄助……

如今已經是窮神筆記本上的名字。

如樂芙的推薦，白熊眞適合窮神。

小菜遲遲未與他結緣的原因，是還沒找到一個討厭白熊的點。

這算她的個人怪癖，在結緣之前，總要找到一個討厭對方的地方，像愛說謊、常放屁、欺負弱小都可以……

「怎麼會找不……」

轟砰！

小菜張大雙眼，視線在高速旋轉。

她知道自己飛了起來，但是不知道爲什麼。

巨大的衝擊力帶起渺小的身軀，在空中滯留一段明明很短她卻覺得無比漫長的時間。

啵一聲落地，敵不過地心引力的殘酷，她趴在廣闊的人行道，黑色的長髮如殘破的枝芽四散，漸漸地，向四周生長出紅色的葉，這些紅葉生長得好快，立即匯聚成一灘令四周發出尖叫聲的血。

小菜在自己的血液中抽搐，右腳呈現不自然的曲折，意識在巨大的痛楚中慢慢渙散。

最後仍可以看見……

一把插在泥地的刀。

一輛倒掉的電動機車。

一團一團散落的食物。

一名朝自己走近的男人。

白熊。

□

小菜猛然睜開雙眼。從未經歷過的痛苦瞬間吞食掉她的意識，再次陷入昏厥。

她第二次張開眼睛，只感受到前方有一團白光，旋即從四肢百骸衝向大腦的疼痛再次擊昏了她，耳朵、鼻子、皮膚都還來不及接收到任何外在的資訊，甚至來不及保留這次的記憶。

第三回，她的眼睛畏懼著光線，微微地打開一道細縫，身體的痛覺減少許多，即便如此，一位從未感受過生理痛楚的窮神依然是痛得神情扭曲，身軀不自覺地顫抖，彷彿被活生生地丟進油鍋。

「不行，還得再按一些止痛劑給她。」旁邊有人詫異地給予指示。

小菜長長地吐出一口苦澀的氣，享受著痛楚慢慢消散的鬆弛感。

「小姐，這裡是醫院，有聽到我說話嗎？」

小菜有聽見，可是無法回答，全身上下像是被覆蓋了一層厚土，笨重、遲鈍、麻木，不是被壓得動彈不得，而是連驅動一根手指的力氣都喪失了。

「不用擔心，這裡是醫院，我是負責照顧妳的護理師，現在希望妳給我一些回應，可以嗎？動動手指、腳趾，或點點頭都好。」

小菜緩緩地動了頭，這到底算不算點頭，她也沒力氣確認。

「非常好，妳不用動，好好休息聽我報告。」護理師按照規定進行告知，「妳遇到車禍，送到我們這裡急救，目前比較嚴重的問題是妳有腦震盪的狀況，以及右小腿開放性骨折。」

聽到這裡，小菜又快要暈過去。

「不過妳不用擔心，手術相當順利，已經打了六支鋼釘進去，後續只要好好地休養與復健，很大的機率能夠恢復行走，不會影響日後生活。」

小菜一聽到鋼釘這兩個字，立刻害怕地哭了出來，護理師後面的話全部沒有聽。

「醫生有檢查過了，身體與臉部這些大大小小的傷口、瘀青都沒有大礙，內臟也沒有創傷……至於腦震盪的問題，目前看來不嚴重，需要後續觀察。」

聽到護理師一口氣報上幾個好消息，小茱的淚水才勉強止住。

「對了，忘記問最重要的事，請跟我說家人的聯絡方式好嗎？」

「……」

「負責妳的女警與我們護理師，在妳身上完全沒找到任何證件，也沒有提供身分識別的手機、平板或其他的智慧裝置，只看到一本老舊的冊子……」

「唔……」小茱的身子一震。

「沒事的，妳的私人物品我們都有好好保存，會搜索妳的攜帶物單純是想要趕緊確定身分，這樣才能讀取妳的病歷資料，通知家屬和保險公司。」護理師輕輕撫摸小茱的手背，經驗老道地安撫不安的病人。

「……」

「妳還記得什麼嗎？」

「不、不記……」小茱吃力地開口。

「妳的公司、學校？」護理師開始擔憂。

「不……」

「有家人嗎？丈夫、男友，或者是朋友也沒關係。」

「沒，不記……」小栞想到了阿爺，但是沒辦法對護理師說出一位神明的名字。

「難道是記憶遺失……這個，我得告知醫生。」護理師最不希望發生的事，依然不幸發生了。

「對對不……起……」

「沒關係、沒關係，我知道妳什麼都想不起來一定很恐懼。是這樣的，我聽女警轉述，妳在都會公園旁邊的人行道遭到電動機車撞擊，肇事的騎士說是操作失誤，才造成這場意外，究竟是不是如他所言，警方正在調查當中……而騎士的態度算不錯，慌張地懺悔道歉，每天都到醫院詢問妳的狀況。」

「……」

「不過我們沒讓他見妳，如果妳之後願意接受道歉，再跟我們說一聲。」

「原來……」小栞總算是弄懂目前的情況，自己居然遇到車禍，不知道算不算是身為窮神的報應……

「妳……還能夠想起來自己的名字嗎？」護理師抱著一線希望。

小菜反射性地茫然開口道：「千、千……屈菜……」

「是哪幾個字呢？」

護理師尚在追問，不過小菜的嘴已經用光了全身的力氣，僅有漸漸熟悉光亮的眼睛能夠緩緩地張開。

她躺在一張病床上，左側有十四個顯示資料的電子螢幕，右側則是長相和善的護理師，整間病房的燈光明亮，窗戶外一片漆黑，顯示此刻已是半夜，耳朵能聽見病房特有的儀器滴答聲，鼻子則是能夠聞到古怪的藥劑氣味。

疼痛在直接輸入體內的止痛劑作用下緩解，但依然存在。

從來沒有受過傷的小菜很討厭這揮之不去的感覺，彷彿身軀裡寄生著大大小小的蟲子，不受控制地四處亂竄，啃食著血肉、撕咬著肌膚，尤其是右腳，整隻被吞噬殆盡，卻還可惡地留下神經不吃，繼續折磨著她。

小菜猜測自己大概是天庭創建以來，第一位遭到生理傷害的人，好丟臉……她滿臉通紅，如果被阿爺知道一定會被徹底嘲笑一頓吧，無聊的窮神變成了愚蠢又無聊的窮神。

「別怕，像腦部受到創傷導致的失憶，大概會在一週內漸漸恢復，我們是公立的醫院，有完整的社福機制，妳會得到妥善的照顧。」護理師輕聲地說。

「……」小菜又想哭了。

「沒事的，好好地休息，我等等再來看妳。」

「我、我……」

「嗯？怎麼了嗎？」

「我原諒他……」

□

過了一陣子，小菜的狀況好很多，已經能夠下床坐在輪椅移動。

依照醫生的診斷，皮外傷都在結痂，未來只要定時上藥，不會留下多少疤痕，腦震盪的狀況也舒緩很多，除了大幅度變動姿勢會有些頭暈外，目前沒有坐不穩或嘔吐的問題……

倒是斷掉的右腿，沒有特效藥可治，只能讓時間治療。

小菜遇到兩個嚴峻的難題，第一個是對疼痛的不適應，第二個是鋼釘，如果她不管三七二十一回到神的世界，那插在腿骨的鋼釘也會跟著過去……因爲神不會受傷，神的世界根本沒有醫生這種職業，沒有醫學這種概念。

那鋼釘怎麼辦？她擰擰鼻子，噘起嘴，眼眶又有一點泛紅。

恨不得挖一個洞，連人帶輪椅一起埋進去……

這兩天，更多的醫生、護理師、志工、女警來詢問，醫生跟護理師不解爲什麼大腦沒事，卻遲遲沒有恢復任何記憶，而志工與女警是想知道，爲什麼會出現一名在戶政系統、失蹤人口名單中皆找不到的人。

小菜只能帶著歉意說想不起來，然後看這些辛苦的人繼續去白費工夫追尋不存在的眞相。

「我發誓永生永世不與你們結緣……連你們的下一代也是……眞是對不起。」小菜自言自語。

「在說什麼呢？」女警詢問。

「沒事、沒事。」小菜依然不習慣待在塵世，不小心就將心裡話說出來。

「妳今天的狀況有比較好嗎？有沒有回想起什麼？」女警叼著觸控筆，平板電腦尚未記錄半個字。

一神坐在病床上，一人坐在旁邊的躺椅，病房維持著本該有的寧靜。

女警挺起腰桿坐得很正，警帽端正地擺在腿邊，一身制服整齊沒半點污漬，散發出挺拔的英氣，狹長的雙眸蘊含著一絲不苟的辦案精神，彷彿任何的罪惡都難逃這雙法眼。

「如果不是妳很熟悉我們的社會……一些問題皆能通過，否則我眞以爲妳是偷渡客。」

「我、我不是。」小茱連忙澄清。

「妳的筆記本……裡面寫的是什麼？」

「全部……全部是亂寫的。」

「嗯，關於車禍當下，記得什麼細節嗎？」

「當時……嗎？」

「對，任何。」

「我不太記得……」小茱想起那把插在地上的刀。

「這位肇事者叫白熊，是個美食外送員，自稱是趕時間才違規騎上人行道，袖套不小心勾到油門，才導致不幸的意外。」女警精簡地轉述。

「不小心？」

小菜愣了幾秒，努力回憶當時的狀況，肯定白熊與自己無冤無仇，電動機車撞到自己的確是不小心沒錯，但那樣的高速，絕對不是不小心勾到袖套，他定是要趕時間去某個地方……並且，帶著刀。

「想到什麼了嗎？」女警提醒。

「喔，對，我的確有聽見……他怪叫著要我閃開，只是車速太快，我根本反應不過來。」

「難怪，妳在第一時間就願意原諒他，甚至連賠償費、和解金都沒提。」

「……」小菜的嘴巴微微張開，懊惱著沒結緣，少賺到這筆業績。

「妳不用擔心，對方已經說願意全額承擔醫藥費。」女警接著說：「其實他一直到醫院想要探望妳，只是我認爲案情沒釐清前不妥。」

「他眞的不是故意的。」

「嗯，其實同事們都這樣說，苦勸我這不過是一般的車禍，肇事騎士沒前科、沒逃逸，可以簡單地用車禍案件簽結，然而，車禍地點恰好沒裝置監視器，我在沒親眼見證前，還是希望小心謹愼。」

「辛苦妳了，對、對不起……」小茱的手指纏在一塊，深感抱歉。

「沒事、沒事，不需要跟我道歉，這是警察該做的。」如冰山一般的女警，露出了一些微笑。

「謝謝妳……」

「那我走了。」女警站起，戴上警帽，「提醒妳一聲，如果妳與肇事司機和解的話，在基本的醫藥費外，還能要求各種賠償，比如說，妳這段時間不能工作，對方應該補償薪水。」

「工作？」小茱抬起頭，想到自己的工作，臉色變得有些難看，「不、不用了，我的工作記不得了。」

「嗯，那妳想見他一面嗎？」

「我？」

小茱從未這麼接近結緣對象，難免感到幾分的愧疚與緊張，就算在塵世的社會規則上，一場車禍沒有正式談妥和解就不算結束，但她依舊不太想見到白熊……

「對，他一直想跟妳當面道歉。」

「我……」

小菜很猶豫。

然而，那把充滿殺意的刀。

當時，白熊那猙獰的面容。

透露著不合常理的古怪。

阿爺所說的，看見了，就不能再假裝自己沒有看見。

「好……我願意見他。」小菜下了小小的決心。

□

「對、不、起！」

長得像一頭熊的男人跪在地板，額頭觸於地面，背上的大背包隆起成一座黑色的小丘，無中生有地誕生在病房內，那介於牆與病床之間的空間。

瘦小的小菜坐在輪椅上，這種兩大輪、兩小輪加一張鐵椅的移動工具，她其實很熟悉，廢棄的樂園中，裡頭的旅客中心就有，曾經坐著到處亂跑好幾次，然而當她平視著魁梧的男人，卻立刻出現坐立難安的感覺。

過去她是能隨意穿越兩界的神明，現在不過是行動不便的病人。

本來就不大的膽子又縮得更小。

「對不起！」沒得到回應的白熊道了更洪亮的歉。

小菜的雙肩一抖，連忙說：「沒關係，快起來吧。」

「不得到原諒，我不敢起來。」

「我、我原諒你。」

「謝謝……」白熊鬆一口氣，慢慢爬起，沉重的大背包左右晃盪，鼓鼓的，滿滿的。

小菜不是第一次看見他的臉，卻是第一次這麼近看，發現五官當中沒多餘的複雜表情，就是個敦厚老實的大男孩，與車禍當時面露猙獰的樣子完全不同。

那是失去所有的人，在怒火灼燒之下才會出現的面容，上百年來身爲窮神的她已經看過太多太多。

「我沒什麼大礙，過陣子腿也會好的。」

「醫生說妳的記憶……」

「過陣子……也是會好的。」

「眞的很抱歉，我一定會負起責任。」白熊從背包中拿出一束快壓爛的花與一盒水果，小心地放在病床，誠懇地說：「我沒什麼錢，但是沒關係，我已經跟朋友借了，明天朋友回國立刻送來，醫藥費、生活費之類的，定會補償妳。」

原本想說不用的小菜，想了想，如果阿爺關於塵世的論述沒錯，有錢非萬能，沒錢萬萬不能……要順利地拔掉鋼釘治好斷腿，沒錢眞的不行。

「還有，我媽給了我一副吃苦耐勞的強壯身體，就算是到外國去當苦力賺錢，也要讓妳心無罣礙地健康出院。」白熊拍拍胸口。

「……」小菜不知道該說些什麼。

「這樣子，妳日常生活很不方便吧？」

「還好……慢慢移動，還行……」

「果然如此，好，我早有準備。」

白熊扭腰，卸下大背包，裡面匡噹、匡噹……有各式各樣的聲響，猶如一團綜合五金的材料包。

「這是……」小菜怯生生地問。

「我的家當。」白熊坦蕩蕩地回答，沒有感到半分的不妥，「聽警察說，妳失去記憶，沒有家人、朋友照料，一個女孩子孤伶伶的，卻二話不說願意原諒了我。」

「……」

「如此大恩大德，我無以回報，願意住在醫院照顧妳，直到身體康復爲止。」

「……」小茱的嘴驚駭地微微張開。

「當然，我會睡在外面的交誼廳，如果醫院不准，我就去睡在樓梯間，如果還是不行，我就去睡在醫院對面的小公園。」

「不、不這個……」

「拜託！」白熊突然九十度鞠躬，「請妳不要拒絕。」

不曾被如此低姿態地拜託，小茱一面想要拒絕，又一面覺得這說不定是個藉機觀察的好辦法……畢竟鼻子已經能輕易地嗅出白熊身上的那股怒意，那是即便努力壓抑、全力克制依舊從毛細孔滲出的怒意。

「你的，刀呢？」

「……」

「刀？」

「……妳有看到？」

「對的。」

「果然……」白熊不禁苦笑。

「果然什麼？」小菜不解。

「妳對警察說謊。」

「……」

「妳知道，我的電動機車沒有失控吧。」

「你也不是故意要撞我。」

「是，這個、這個單純是意外，當時我匆忙要趕去一個地方，正在看手機螢幕……真的很抱歉。」

「不是去送餐吧？」

「……」這下換白熊感到意外。

「你帶著刀，要趕去哪裡呢？」小菜繼續問。

「我不方便說，抱歉。」

「好……如果你覺得留下比較好，那、那就留下吧。」

小菜經過短暫的思考，還是做出這樣的決定。對白熊來說，自己全然是個陌生人，可是對自己來說，已經觀察過白熊一段時間了，這回發生車禍意外，或許是個近距離觀察的機會。

白熊大喜過望，獲得同意在病房找到一個角落擺放私人物品，便立刻抽出一把刀……

小茱的肩一抖。

白熊取出禮盒內的蘋果，沒察覺到有膽小鬼出糗，逕自到廁所清洗，很快地切出一盤蘋果花，雙手端到病人的面前。

個子小食量也小的小茱將一半分給白熊，一神一人面對面地吃著甜美的蘋果。

「我有個好朋友，明天也會過來，我們一起攜手幫忙，一定能讓妳來去自如，恢復原本的生活。」白熊三兩下就吃完剩餘的蘋果，臉頰鼓起單邊，咀嚼。

「好朋友？」小茱不免好奇。

「叫作李明，單名是聰明的明，雖然一點都不聰明。」

「爲什麼……會願意幫你？」

「我們認識很多年啦，常常幫來幫去的。」

「那爲什麼不能幫……那個……」手上的蘋果還在嘴邊，小茱自覺說錯了話。

「……」白熊也是一臉狐疑，說不上爲什麼，總覺得眼前的瘦小女人似乎很熟悉自己，那雙無精打采的雙眸，像能洞悉所有的祕密，「爲什麼妳會這樣問？」

「我隨口問問的，別放心上。」

「喔，好，不過有些忙，終究是得自己處理。」

白熊笑了幾聲，表情完全沒有笑的感覺，笑聲更像是解決尷尬的語助詞。

習慣安靜的小菜，連病房內飄浮的尷尬都沒有察覺，依然叼著蘋果，兩眼出神像在發呆。

沒想到，有人突然推開病房的門，氣喘吁吁地闖進來，瞬間摧毀安靜，也同時摧毀掉尷尬。白熊又驚又喜地站起來，三步併作兩步迎上前去。

「妳怎麼這麼早……」

他這句話還沒說完，左臉頰就重重地被轟了一巴掌，啪一聲迴盪撞擊於整個病房。

小菜手中的蘋果落在地上，目瞪口呆，她的嘴巴無法閉合，難以置信。

「妳好，我叫作李明。」

李明是個風華絕代的美麗女人。

第1.3章

李姓攤商

下午第一節是公民課，林音拿出保鮮盒，透過塑膠桌墊下的課表確認。

打開保鮮盒，裡頭是一片一片切齊的蘋果，除了本該呈現淡黃色的果肉，因爲放了整個上午氧化成鐵褐色，外型上沒有多大的變化，還是展現每一片皆等寬的刀工。

戴上耳機，讓閃靈樂團的死亡重金屬音樂隔絕掉所有的噪音，她用叉子刺了一塊，緩緩地放進口中，這祥和優雅的動作，與整間教室產生強烈的反差，前排的女生們圍在一塊，抱怨今天的營養午餐很難吃，暗嘲隔壁班女老師私下的緋聞。

後排的男生們不知道爲什麼吵成一團，不算美味的營養午餐不是來不及吃完，就是被砸在地上糊成整片。

其中有兩位互相飆罵髒話，旋即拳打腳踢起來，圍觀的男生有的叫好、有的叫囂，產生推波助瀾的效果，沒過多久，鼻血飛濺而起，斷牙滾落於地，擺在後面的垃圾桶變成武器，快從牆面鬆脫的布告欄成爲第一位被害者。

沒有老師會來的，午餐與午休時間，是他們一天當中能擺脫惡魔，削減沉重工作壓力的寶貴時段，怎麼可能再待在教室。

林音完全不在意後頭的戰鬥，只在乎整盒與眾不同的午餐。

黑死腔的嘶吼仍在耳內衝撞，直到有人不識相地拔起單邊耳機。

她抬起頭，看見汝貞的笑顏，也跟著輕輕地笑了。

「妳不吃營養午餐，只吃水果不行吧？」

「最近想減肥。」

「還減什麼呀？妳的身材明明就很剛好。」

「想再瘦一點。」

「可惡，想害我嫉妒嗎？」汝貞笑著出手，去捏林音的肚子。

「不是。」林音不在意也不怕癢，任由對方上下其手。

「嘖，觸感真緊實，怎麼練的？」

「健走，不吃甜與油膩。」

「說得簡單，實際上我忍不住。」汝貞的臉部表情很豐富，剛剛還在嬉笑，現在已經愁眉苦臉，「我們課後一起運動好不好？」

「什麼運動？」林音吃完最後一片蘋果。

「健走啊，我們一起去西門町健走吧！」

「這叫逛街。」

「都一樣啦。」

「抱歉，汝貞，妳也知道我在外國兩年的關係，媽媽怕我跟不上大家，特地請了一位家教在課後補習。」

「妳也太慘了吧。」

「沒關係，媽媽是爲我好。」

「可是、可是……這樣我們之間的感情就不會增溫了呀。」汝貞可愛地嗔道：「還是音音妳一點都不放在心上呢？」

「我……」林音一向淡薄的神情出現鬆動。

「不管不管不管，妳這個禮拜六，最少要陪我們去逛夜市。」

坐在前排的女同學們紛紛笑了出來，一個一個起鬨地說「我也要去」、「哎呀音音被捕獲囉」、「一起去一起去」、「週六不見不散」、「汝貞最厲害，連音音也逃不出魔掌」，其聲勢一點都不亞於後面打架的男生們。

如果未來還想在班上立足，此刻不可能再拒絕了，即便林音非常抗拒和厭惡夜市，也只能點頭道：「我會……跟媽媽說一聲。」

每一個群體中，縱使人人高喊著平等，但她心知肚明這終究是不切實際的幻想，人生而平等，卻在成長過程有了高低之分。

身為一名從育幼院出來的孩子，對於這個道理的感受更是深刻。

老師會說不論家庭背景，大家都是好同學，實際上當家庭背景需要特別拿出來強調的時候，就已經在不知不覺中有了區別。

林音小學的六年時間吃遍了苦頭，被打上窮鬼的標籤，成為人人可欺的活體玩具……

從頭到尾都沒人知道她被霸凌的起源是一隻襪子，襪子大拇趾的部分破一個可笑的洞被看見，糗事迅速傳了出去，又接著被挖掘出更多貧窮可笑的點，持續被笑了整整六年。

如果無人特別捐贈，育幼院只能提供給孩子最基本的食衣住行……在班上很容易被辨別，被釘上一條擺脫不掉的標籤。

近期最夯的歌手是誰？最火的潮牌買了嗎？新出的手機有沒有？演唱會的門票搶到沒？一道接著一道的測驗，建構出是否有留在小圈圈的資格。

人並非衣食無缺就能活下去。

從過去的血淚經驗，她得出許多的結論，比方說，一個班上其實只分成三種人，第一種是核心人物，第二種是核心人物的跟班，第三種是三三兩兩自成的小團體……

其餘，不歸於上述三種的，都不算是人。

林音的高中三年，還想遵循母親的指示，好好地活，好好地當個人。

她絕不允許自己再被打上「可以被欺負」的標籤。

連營養午餐費都繳不出來，僅能買劣質水果來處理偽裝成減肥餐的窮鬼絕不允許自己走回頭路。

「這是測驗吧……」

不能確定，可是她嗅到那熟悉的戲謔氣味。

一不留神，連午休時間都已經結束。

負責下午第一節課的公民老師端莊地走上講台，將課本與考卷擺在講桌，舉起麥克風試音，確認全班專注、確認掛在黑板上方的喇叭發出洪亮的聲響，張開嘴開始對學生說話。

「在上課之前，先說分組報告的事。欸，一個禮拜過去了，我怎麼沒看到名單？」

林音的眉動了動，敏銳的神經察覺到不對勁，向來分組這種小事，背地裡都是大事，尤其這回還是兩人一組，微妙的情緒在同學們的面面相覷中傳遞，兩人一組的分組方式，彷彿就是在昭告誰跟我的交情最好。

她不想成為那幾位沒人挑被迫同一組的可憐傢伙。

「拜託各位少爺、小姐快一點好嗎？」老師斜持著麥克風抱怨道：「這個分組報告直接當期中考分數，根本是白送你們了，別再耽誤我的上課時間。」

林音已經做好準備，有兩到三位口袋名單。

「報告題目是身家調查，回去問問爸爸媽媽爺爺奶奶，簡單記錄族譜或是家族歷史，要是找不到族譜也沒歷史可問，去訪問爸媽組成家庭的過往回憶也行。欸，肥美的分數都餵到嘴邊了，麻煩張開嘴吃進去可不可以？」

原本要回過頭邀請後方的同學組隊，卻聞老師所言，林音整張臉凝固。

身家調查？什麼時候有這一項報告了？難不成是上上週，自己不小心睡著的那節公民課，老師無預警發布的嗎？她的表情不變，精神陷入混亂。

「今天放學前，將名單擺在我的辦公桌。」老師不願意再浪費時間，請同學翻至課本的指定頁數，正式開始講課。

林音一個字都沒辦法聽進去，直到下課鐘聲響起才回過神來，帶著保鮮盒走出亂糟糟的教室，用洗手台的水清潔黏膩的盒底，順勢泡濕雙手，試圖讓自己降溫冷靜。

用媽媽這幾天要出國探親當理由，去請老師通融允許自己一人一組……她點點頭，這是可行的辦法，畢竟在老師與同學的認知當中，自己的父親在國外工作，一年在家的時間不到一週。

她稍稍鬆口氣，甩乾保鮮盒的水珠，信步走回教室的座位，忽然發現抽屜中多出來路不明的肉鬆麵包與牛奶，明明它們是冷的，卻莫名其妙在掌心產生溫度。

這是誰放的？是給我的嗎？會不會是某個同學放錯地方了？她還來不及確認這是怎麼回事……

「音音、音音！」

「嗯？」

林音看向呼喚自己的汝貞。

「嘿嘿，公民報告我們兩個一組喔。」汝貞告知了這個訊息。

林音的瞳孔放大，趕緊道：「不過我……」

「來不及囉，名單剛剛已經送出去了。」

「我現在去追應該……」

林音正準備站起，但被人從背後軟軟地抱住，嘻嘻笑笑的聲音此起彼落在四周響起，光聽語調就能知道是誰，是汝貞的跟班三號，當然一號跟二號就在旁邊起鬨，說嫉妒、說偏心、說公民老師好爛，爲什麼要限制分組人數。

沒機會了，在這種氣氛當下，如果強硬地拒絕，現場會弄得很僵。

長長的馬尾掛在胸前左右地晃動，林音像個面無表情的大玩偶，任由同學們搓揉搖晃……

林音胡思亂想著。

有沒有一次殺死三個人的辦法呢？

有吧。

□

林音討厭夜市。

討厭夜市那股廉價的氣味。

她並不是崇尚高價精品的拜金女子，便宜地攤貨本身從小用到大。

不過夜市喧囂吵雜的噪音，撲鼻而來的食物臭味，摩肩擦踵的擁擠接觸，彷彿一大群的螞蟻在搬運根本不如一粒砂的碎屑，還興致勃勃、興高采烈，絲毫不知自身的卑微，樂在其中。

對一位千金小姐來說，用便宜的白牌次級品，人家會說平易近人，對多數尋常人來說，用廉價的越南製Ａ貨，叫作ＣＰ值跟貪小便宜，兩者眞正的差距，當眞是品牌效應與身價地位嗎？

不是。

林音知道不是，兩者最大的差距在於「餘裕」。

這也是她失去了，依然念念不忘、不顧一切都要奪回來的東西。

「音音，好喝嗎？」汝貞笑著問。

「……好喝。」林音含著吸管，讓色素混糖水的劣質飲料進入體內。

「妳沒騙我，都喝到失神了。」汝貞拍了林音的手臂，左耳整串的耳飾搖曳，雙手十來條纖細的銀製手鍊發出光芒。

路經她們的年輕男性都會若有似無地回頭偷瞄，林音的長相只能算是清秀，一身的運動服與長馬尾有些土氣，相較之下汝貞的性感才能瞬間抓住異性的眼球，完全不像十七歲少女的打扮。

漸層染金的小波浪長髮，披蓋在光滑的左右兩肩，斜肩的寬鬆上衣，讓單邊的內衣肩帶傳遞出撩人的氣息，至於下半身的低腰牛仔短褲，襯得一雙腿更加修長，圓潤的小巧腳趾上了黑色的指甲油，由皮製的涼鞋包裹呵護著。

「我們不逛嗎？」林音再吸了幾口飲料。

汝貞左看右瞧，安撫道：「等一個朋友。」

林音不知道所謂的朋友是誰，但也懶得問，反正不會是一、二、三號跟班，她們各有各的事情要忙。

站在無名的地區性夜市，林音想不透有什麼好逛，依靠過去經驗與網路上查到的資料判斷，攤販不就分成三大類食、衣、娛樂，什麼鐵板牛排、藥膳排骨、炸雞排、韭菜盒……好吃是好吃，但這樣的環境令人降低食慾；娛樂方面大概有彈珠台、空氣槍、九宮格……目前完全沒有玩的心情。

至於衣，林音的臉色有些難看，這的確最有可能是汝貞的目的。

她的心情變得更壓抑、更煩躁，與歡樂快活的夜市截然相反。

「我來了！幹，找不到停車位。」

說話的男人是高三的學長，那一頭紅色的雞冠髮型是最顯眼的標誌，林音不用兩秒鐘就認出這位校內的著名人物，因為留級過兩次，和自己年紀一樣是十九歲，但油裡油氣的說話方式，感覺像在社會歷練許久。

「音音，這位是雞哥。雞哥，這位是我們班最可愛的音音。」汝貞介紹雙方認識。

「哈哈，我知道、我知道。」雞哥豪邁地笑了笑。

「知道什麼啊？害我們等這麼久還敢笑。」

「就找不到車位停我的車啊，是停車位太少的錯。」

「都是藉口，等等全部由雞哥買單！」

「沒問題，我最近很認眞工作，哈哈哈。」

雞哥一面笑、一面攬著汝貞的肩就往夜市內走。

林音跟在後頭，想不透他們是怎樣的關係，更想不透爲什麼汝貞要邀約自己。

不過，正如同先前所料，雞哥除了買一罐啤酒之外，再沒有走過去販售小吃的區域，倒是在遊戲的區域待不少時間，全程都在看雞哥表演介於二流與三流的技術，在射飛鏢、空氣槍的攤位用掉數千元。

明明就不怎麼樣，汝貞卻表現得像近距離欣賞世界冠軍，巧妙的讚美、可愛的撒嬌都哄得雞哥飄飄然。

可惜不管多好玩，也是有玩膩的時候，他們像連體嬰攬在一塊往販售服飾、裝飾品的區域移動，然而，無論是從哪個面向切入，林音都明白重頭戲要來了。

「話說，我最近很忙，上面的大哥一直交代工作給我，靠北，煩死了。」雞哥抱怨幾句，但難掩得意。

「是虎堂的大哥嗎？」汝貞詫異地問，胸部順勢靠在雞哥的手臂。

雞哥掀起汗衫的衣襬，左腹刺著一頭飛馳的猛虎，眉眼間滿是囂張，深怕旁人沒聽到，刻意抬高音量道：「廢話，不然誰敢使喚我？」

林音看過這個老虎刺青，過去跟在父親身邊接待客人，三杯黃湯下肚，幾位老伯說到開心處，脫掉襯衫展現傷疤的時候，就能夠看見這隻栩栩如生的老虎。

她發現雞哥時不時就會回頭窺視自己，那眼神包含著古怪的意思……

「這一帶全是我們虎堂的地盤，就算這個夜市也都是我們在管的，我是不願意讓太多人知道身分啦，不然叫幾個前輩來帶，妳們買東西都嘛不用錢。」

「好好喔。」

「知道我對妳多好就好。」

「謝謝雞哥。」

在汝貞甜膩膩地感謝過後，雞哥的興致更高，直接摟住學妹的腰，感受整片嫩滑的肌膚。

「妳不用謝我……如果，妳有什麼朋友想買一些happy的，直接來高三教室找我，懂嗎？整間學校只有我能賣，找我就對了。」說到販售搖頭丸的事，雞哥有收斂音量。

恰好，林音能聽得一清二楚。

「嗯，但我的朋友都太乖了啦，不敢碰這個。」汝貞四兩撥千斤地婉拒。

「沒關係，有需要再問我……唉，不過上面交代的任務眞多，賣東西也就算了，還說要找一個女人。」

「找女人？」

「詳情我也不是很清楚。」雞哥嚴肅起來，比談到搖頭丸更認眞，「聽說這個女人是某個大佬的女兒，這位大佬實力雄厚，在江湖呼風喚雨，結果不知道爲什麼被抄了，在局子裡一點道義都沒有，馬的，抖出了很多事情，導致我們虎堂被警察抓了兩個香主，許多的生意都被毀掉。」

「太、太可怕了。」汝貞權當自己在聽故事，很配合地驚嘆一聲。

「搞得一堆幫派要對付他全家呀，幹，下場一定很慘。」

「到現在都沒找到嗎？」

「這個大佬有老婆跟女兒，前些年逃出國避難，但近期有傳聞說回台灣了，上面才叫我們重新開始打探。」

「有線索嗎？說不定我認識。」

「連個名字都沒有，只有個醜醜的肖像畫，幹他馬的，根本認不出來。」

「喔……眞不簡單。」汝貞這回是發自內心的訝異。

「誰不簡單？」雞哥停下腳步，同時到了販賣服飾的區域。

「在這個年代，可以連個名字、照片都找不到，可見這位老大保護家人，保護得很徹底。」

「能到他們這種地位，都有各種手段啦。」

「嗯嗯，咦？這個好漂亮。」

汝貞已經不想將話題浪費在離自己太遙遠的江湖軼事，利用一聲讚美巧妙地讓雞哥的注意力轉移到一枚水鑽銀戒上頭。

林音還跟在他們身後，整張臉毫無血色，宛若剛經歷一場慘絕人寰的災難，僥倖地生存下來，連靈魂都去掉大半。

賣搖頭丸果然很賺錢，雞哥拿出一般高中生難以企及的闊綽，基本上只要汝貞開口要的，全數都會進到包包裡。

「咦？我覺得……這雙高跟鞋很適合音音。」她回頭望。

林音依舊失著神，遲鈍了三秒才醒過來，婉拒道：「不……我不適合。」

「怎麼會不適合？依我多年看女人美腿的經驗，這絕對適合。」雞哥若有深意地笑了笑，「我送妳呀，這小錢而已。」

「啊你是有看過人家音音的腿喔，變態欸。」汝貞笑罵。

「看到美的，眼睛就會自動注意啊，怪我喔？」

「沒關係……鞋子我自己來買就好，我們繼續往下逛吧。」

林音心煩意亂，根本不想再當電燈泡，夾在一對無聊的男女之間，浪費自己的寶貴生命，趕緊逛完夜市達成承諾才是上策，決定以後無論如何都要拒絕這樣的邀約。

雞哥跟汝貞並沒有察覺到林音的不對勁，持續地打情罵俏，用很緩慢的速度移動，在賣皮件的攤位停留許久。

他們一點一滴消磨掉林音的耐心，原本逛夜市是很愉悅的活動，卻彷彿身處沸騰的油鍋之中，炸得全身潰爛，再也找不到一處完好的肌膚。

「妹妹，要不要來看看？」有一攤的老闆娘爽朗地招客。

「唔……」汝貞一瞧見琳琅滿目的內衣褲，害羞地垂下頭。

倒是雞哥剛剛減退的興致又高昂了，像牽著女朋友似地拉著汝貞走近，用吃豆腐的口吻道：「這個，我們一定要好好研究。」

惠姨見到有情侶上門，立即堆起親切笑容，客氣地說：「隨便看看沒關係，會給你們算便宜點的啦！」

現場的空氣好像凝結了，林音只是靜靜地站在原處，似乎連呼吸的動作都省略，當夜間的風穿過，帶起她的馬尾輕微晃動，才去除掉原給人是雕像的錯覺。

雞哥沒有放過這樣的機會，各種性騷擾的言語用各種包裝後以各種角度切入，另一邊的汝貞總能用打太極的方式帶過去，始終保持著「給你占點便宜沒關係但更多休想」的老練距離。

惠姨以為他們是情侶，推銷得更加賣力……

「我想起來，要買一個側背包。」林音忽然動了，必須找到一個藉口離開。

「喔喔，對，妳上課的那個壞了嘛。」汝貞順勢說：「那我陪妳去看看。」

雞哥原本還在說服汝貞接受一套色氣十足的情趣內衣，這樣待會逛完夜市就能直接轉移到汽車旅館試穿了，沒想到中途殺入一位程咬金……但他並不氣惱，完全不在意，反而激起了另一種獨特的興致，舔舐著嘴唇，打量著兩名學妹的屁股。

惠姨的生意用笑容已經蕩然無存。

□

夜市結束，惠姨收攤回到家，凌晨三點四十分，再兩個小時就天亮。以她的年紀實在是吃不消日夜顛倒的工作型態，可是這每週兩次的夜市不擺不行，大量的人潮帶來大量的生意……需要錢，她真的很需要錢。

每次身心俱疲的時刻，總會想起丈夫還在身邊的日子，無論他是不是江湖人人敬重的大佬、不管他是不是與地方政治人物交好的德叔，他至少能提供一個安穩的臂彎。

當惠姨從新聞上看見德叔被一一列舉罪孽，行賄、提供性招待、恐嚇取財、叫唆殺人、擄人勒贖、妨礙自由、重傷害虐待……無惡不作，十惡不赦，直到現在都無法跟愛護女兒、照顧妻子的完美丈夫做出任何連結。

自己的丈夫絕不是這種人，她在強調這件事的同時，其實很清楚過去的德叔就是這種人，僅僅是自己一廂情願相信放下屠刀就能立地成佛，如一隻自欺欺人的鴕鳥，始終是不願意抬起頭來。

過去居住的廣闊別墅、景致優美的庭園造景、戶頭內隨時能支配的七位數買菜錢，哪一分哪一毫不是建構在無數的罪惡上？惠姨一清二楚，只是不願也不敢點破。

享受了這些髒錢，就不再是清白之身，她早就做好進牢陪丈夫的心理準備，就算是做僞證來分擔他的刑期也在所不惜，嫁雞隨雞、嫁狗隨狗的信念早就深入骨髓。

但丈夫不許，畢竟還有女兒需要照顧。

德叔在出事之前，跟多少的大人物交好，在黑資料爆發之後，就會與多少的大人物交惡。

明面上的現金存款、房屋土地全數被查封，暗地裡的外匯資產、債券期貨竟然也被找到，就連在外國開戶的銀行帳號，都被用洗錢罪凍結。

這就是德叔偷偷將過去蒐集的髒事彙集成一部黑資料並且流出的下場。趕盡殺絕。

目前惠姨不清楚德叔在牢裡的狀況，只能隱姓埋名帶著女兒到處躲藏，直到近期風聲漸漸淡去，才敢跑到遠離都市的鄉下地方定居。

原本很擔心女兒不能適應新的生活環境，沒想到有機會親眼見到女兒的朋友。

她安心地微笑，拖著一大箱的貨進房，悄悄地打開燈，深怕吵醒女兒……

老舊的日光燈發出輕微閃爍的死白色光芒，所照亮的一切都被鋪上一層死氣。

包括林音，她雙手抱膝地坐在牆角，沒睡。

四十幾年公寓內的雅房，連私人的衛浴設備都沒，長方形的空間，約莫七、八坪，扣除一張床，幾乎全被貨品與生活用品堆滿，沒有能夠走動的空間。

電風扇發出吃力的喀喀聲，旁邊的林音充耳未聞，靜靜地用麻木的眼神，盯著剛剛工作回來的母親。

「妳怎麼還沒睡？」惠姨放下大皮箱，敲著痠痛的肩，「以後都不用等我，累了就先睡沒關係。」

「睡不著。」林音毫無睡意。

「見到妳的朋友了，感覺是很乖的女孩子……這樣我就會比較放心。」

「她不是我的朋友。」

「能一起出去玩就算朋友了啦，總比前兩年跑到馬來西亞好，在那裡人生地不熟的，就算是講中文我們也聽不太懂。」惠姨一提起過去的事，話就逐漸變多起來，「妳關在屋子裡好幾個月，不願意和任何人接觸，唉，我一想到當時的日子還會作惡夢。」

「我情願在馬來西亞，至少比現在過得好。」林音冷冷地說。

「沒辦法，在那裡我們沒有謀生能力，妳爸給的錢用完了，不回來台灣不行。」

「找謝律師。」

「他能幫我們順利平安地出境就很了不起，至少……三年過去，可能沒人記得我們了……」惠姨的語氣並不是那麼肯定。

「爸爸有交代我，假設謝律師不聽話……」林音沉聲道。

「這麼久的時間，妳都要成年了，謝律師自然也不是當初的謝律師。」惠姨語帶保留，回憶起過去那位長相斯文靦腆的年輕律師，忽然發現女兒已經很久沒跟自己說這麼多話。

「……」林音不太相信。

「對了，我得提醒妳一句……要小心妳同學的男朋友，就是在夜市，紅色雞冠頭那個。」

「……」

「那種男人我看多了，明明女朋友在身邊，卻用不懷好意的眼神打量妳，我真想當場挖掉他的眼珠。」惠姨又開始嘮嘮叨叨起來，彷彿累積一天的疲勞全數一掃而空，

「這種年紀的男人都跟禽獸差不多，能離多遠就離多遠，但記得不要跟妳的女同學說，有一句老話說情人眼裡出西施，講人家男友壞話容易得罪人，懂嗎？躲遠點就好。」

「……」林音緩緩閉上雙眼，根本不想聽這些廢話，長時間累積的壓力快要炸開。

「而且，他那個姿勢跟說話方式，百分之百就是跟在大哥旁邊混的小弟，我在菜市場、夜市擺幾十年的攤常常遇到，像這樣的男人，未來不是毒癮纏身，就是被斷手斷腳，或在牢裡等死。」

「妳是說像爸爸這樣的男人嗎？」

「當然不……」

「我不是交代過，要妳不要去接觸我們嗎？」林音忍無可忍地站起，握拳的雙手在發抖。

「我是想說……這樣比較自然啦。」惠姨勉強地笑笑。

「萬一被發現怎麼辦？」

「發現？喔，怎麼可能，都幾年前的事了，沒有人在追查我。」

「我是說……萬一被發現我、跟、妳、有、關、係、怎、麼、辦？」林音咬牙切齒，雙眼的血絲密布。

「……」惠姨很意外，從沒見過女兒對自己這樣說話。

這不是一時的怒氣，這是累積好幾年的怨恨。

從國中就讀貴族學校，擁有使用不盡的資源，能回到育幼院發送禮物，成爲人人羨慕的好學生、千金小姐、愛心小天使……一轉眼之間，家產盡失，流亡海外，然後回來住在這種與狗籠無異的雅房。

這絕對不是「好好地活」。

這絕對違背了親生母親給自己最後的指示。

林音沒辦法再繼續扮演孝順的孩子了，何況，也沒有必要。

「我讓妳感到丟臉……對吧？」惠姨是個有什麼說什麼的直腸子。

「對。」林音也很坦白，歷經在育幼院與國小這一段過去，早證明家境會直接影響他人對自己的看法。

「妳後悔了嗎？」

「……」

「妳會不會後悔當初被我們領養？」

「我預計的不是這樣……不是長這樣。」

「我知道他在的時候，我們過著比較好的生活，可是……比起有錢，我們母女平平安安地生活不是更重要嗎？妳有吃有住有穿，學費也有定時繳，還不夠嗎？」

「這是什麼趣味的笑話嗎？當我被瞧不起、當我被施捨、當我被排除在外，妳覺得光塡飽肚子有什麼意義？」

「我不太清楚……妳爲什麼會被瞧不起？」

「因爲窮啊！」林音更不清楚，爲何如此直觀的答案還需要問。

「只要一家子開開心心地過日子，褲帶拉緊些，平時節儉些，也沒有什麼關係。」惠姨苦口婆心地勸。

「妳沒關係，我有關係。」林音踏前一步，近乎是在吼叫，「我對自己發過誓，絕對不會回去過那種下等人的日子！」

「妳……」惠姨很驚訝。

「我想妳根本沒有眞正窮過……妳有被親生母親送到育幼院過嗎？有爲了一袋麵包被打斷牙嗎？有在車站流浪喝水當作三餐嗎？有跟好幾位姊妹擠在小房間生活，過著全無隱私的日子嗎？有被同學指說是剋死雙親的掃把星，過著沒人敢坐我旁邊的小學生活嗎？有在詢問是否參加校外教學時直接被老師省略過嗎？有在票選去哪裡畢業旅行的時候被剝奪投票權嗎？」

「……」

「沒有吧，或許妳認為的窮是肚子能不能吃飽，但我認為的窮是失去尊嚴啊！」

「我的確是沒……」惠姨很喪氣。

明明離女兒這麼近，彼此之間卻有這麼大的鴻溝，更可怕的是，這道鴻溝其實從頭到尾都在，自己竟然沒有發現。

林音還是林音，但在惠姨面前，已經即將成年的女兒卻不是那個女兒了。

女兒的臉上是滿滿的不甘心，雙眼內是即將爆發的怨念。

身為一位母親，惠姨沒有上前抱住女兒的勇氣，說是內疚也好，說是陌生也好，她沒辦法再往前走一步，只是站在原地，思考著如果丈夫在的話，會給女兒怎樣的答案——

可惜，終歸是不切實際的幻想。

她現在只有自己。

她的嘴沉重地說……

「對不起。」

第 2.3 章

白姓攝影師

「對不起。」

李明壓著白熊的頭，發自內心地眞摯道歉。

這個動作就像美麗的大姊帶著犯錯的小弟去跟被害者賠罪，不過這個大姊的臉蛋空靈中蘊含著知性，年紀看起來比白熊小，就連體型都比白熊矮上一截，眞是美女與野獸的標準組合。

小茱未從震驚中緩過來，李明察覺到不對勁上前關切。

「果然是傷到頭了，先叫護理師小姐來看看。」

「不用……」

小茱不得不回過神來阻止，不願再讓護理師增加工作。

李明見狀先禮貌地自我介紹道：「我叫李明，木子李、日月明，是白熊的老朋友，初次見面沒帶什麼禮物眞的很抱歉……我、我是提前搭機回國的，就直奔醫院趕來。」

「不用禮物，很感激妳的關心……」

「要不是他拖到昨天才告訴我，我就乾脆推掉工作不出國了。」李明轉過臉狠狠地瞪著白熊。

白熊雖然體格大上兩圈，卻心虛地閃躲掉銳利的眼神，弱弱地說：「是我闖的禍，又不關妳……」

「閉嘴喔。」

「……」

「去替我買些營養品，快去。」

「喔……」

「等等，不必再破費了。」小菜試圖阻止。

一聽見被害者的婉拒，李明立刻換上親切的笑顏，雙腿合攏側向一邊，優雅地蹲在輪椅旁，客氣地說：「沒關係的，讓他買些對女孩子身體好的飲品，我們等等一起喝。」

白熊摸著鼻子，琢磨著對女孩子身體好的飲品該到哪找，話說補品還有男女之分嗎？他一邊思索、一邊走出病房。

病房剩下兩名年輕的女人，小菜原本還算清秀的容貌徹底失色，如果美貌可以量化，至少是六十與九十的差距，當然……小菜如果願意梳妝打扮，差距會立即拉近許多。

從李明身上穿著也的確看得出匆忙，臉蛋脂粉未施，髮絲收入鴨舌帽，連帽的外套貼身，運動長褲僅有九分長，運動鞋包覆著腳丫，一身休閒又時尚的黑色，給她的美貌帶來不同的英氣。

趁白熊不在，她的臉色變得慘澹，愧疚地輕聲道：「對不起……我很感激妳不追究白熊的責任，謝謝。」

「你們已經道謝、道歉許多次了。」小菜搖搖頭。

「他……他不是個冒失的人，只是被逼上絕路了。」李明猶豫片刻，不得不說出知道的狀況。

「絕路……」小菜隱隱約約知道什麼，否則樂芙不會剪斷紅線再轉介給自己。

「我能理解妳一定覺得莫名其妙，可是我依然覺得應該告訴妳，不能讓妳傷得不明不白。」

「好的。」

「白熊有個從大學一年級就開始交往的女友……」李明不知不覺放慢了語速，彷彿在調動腦海中的記憶，即使就是這幾年的事，畫面卻灰暗得像是塵封已久，「她叫作金萱，人如其名算是貌美如花，我見過她很多次，是個活潑可愛的女人，用不著多長時間，可能是吃頓飯、可能是打過幾次招呼，立刻就能跟陌生人混熟。」

「金萱。」小棻複述這個名字，惴惴不安。

「她有一種獨特的魅力，一種吸引旁人眼球的能力。」

「能力？」

「我覺得說是魔法也不為過……」

李明說到一半，見到白熊已經回來，上氣不接下氣，全力奔跑像在運送什麼解毒劑般緊急，左手提著一盒人蔘雞精、右手舉著一箱高鈣牛奶。

「買好啦？」李明站到輪椅後。

「對對，我特地問過店員，他們說人蔘補氣、牛奶補鈣，讓女生的身子好，骨頭也癒合得快。」

「開兩罐雞精來。」

「好。」

「李明……」小棻其實不在乎這些補品，抬起頭來望向身後的美麗女子。

「是，我在。」李明低下頭，雙手按在輪椅把手。

「妳目前在做什麼呢？」

「我呀？只是在做一些小生意。」

一點都不小，小棻能從白熊欽佩的眼神中看出來，這是財神的力量。

□

白熊是個沒什麼慾望的人。

到目前爲止人生就只有一個興趣。

攝影。

攝影有很多類別，人像、名勝、動植物、大自然……其中除了人，他都拍。

因爲拍攝人像牴觸了他喜歡攝影的原因——「不用跟任何人互動」。

這不代表他是個獨善其身的邊緣分子，日常生活中與同學、同好接觸都沒問題，只是當他想要一個人獨處的時候，喜歡無拘無束地揹起相機到山裡，常常一拍就是好幾天。

幾乎用盡所有積蓄的相機設備是他的第二生命。

但第二生命不能高過家人與李明。

記得在高三升大一的暑假，白熊終於買到人生第一台單眼相機，從此不管走到哪裡都形影不離，要不是相機沒有防水功能，他會帶進浴室一起洗澡。

李明曾打趣地扔出一個亙古難題，「如果我跟相機一起掉進海裡，你會先救誰？」

「救妳。」白熊沒有猶豫，哪怕是零點一秒鐘。

「騙鬼。」李明嘴巴不信，心裡其實很開心。

「眞的啊，反正妳會送我一台最新款的，報答救命之恩對吧？」

「去死一死。」

「妳呀，請對得起自己的名字，聰明一點好嗎。」白熊細心地擦拭鏡頭，淡淡地說：「別因爲這種毫無保證的承諾偷偷感到高興。」

「誰會開心啊，你眞自以爲是耶！」李明很激動。

「妳的臉不痛嗎？」

「痛啊。」

「那還不躺回去。」

「……」李明乖乖地躺回病床，這的確不是嘔氣或爭論的時刻。

「有什麼需要我幫忙的嗎？或是要我晚上帶什麼來醫院？」白熊收好相機，準備要走了。

「倒是有個忙，你可以幫我。」

「什麼忙？」

「等我出院，替我拍幾張照。」

「我不拍人。」

「爲我破戒是會死嗎？說眞的，我什麼時候開口請你幫忙過？」

「五分鐘前，扶妳去廁所。」

「那、那種小忙根本就不算。」

「唉，我就不擅長拍人。」白熊憨厚的眉朝兩邊垂下。

「好啊，我們切八段。」李明抬起出白皙的雙手，讓左手跟右手的食指指尖連在一塊，搭成一條象徵友誼的線，「你來切，切了我們就絕交。」

「幼稚死了，大姊姊，妳幾歲了啊？」白熊按下她的手，不禁笑了出來。

「你都還不知道我要拍什麼，就拒絕得這麼快，根本沒有把我當朋友吧。」

「好啦好啦，妳到底要拍什麼？」

「這個很神祕，你耳朵過來一下。」

李明招招手，狐疑的白熊還是乖乖把耳朵靠了過去，一張老實的臉越聽越是嚴肅，黝黑的臉皮出現不可思議的反應，從黑色裡面泛出兩團紅暈，開始不自覺地左右搖頭。

「不行，這個絕對不行。」

「你不要這麼大驚小怪好不好？」

「反正我要先走了，今天晚上再來看妳。」

「等等，你先別走哦，沒給我答案之前不准走！」

「妳好好養病，再見。」

「白熊！你這個白痴給我回來喔，快點，馬上！」

不管李明怎麼大呼小叫，被罵成白痴的男人還是走了，只留下一連串的抱怨與不甘心。

白熊成為大學生，但過得跟高中生差不多，沒染上蹺課的惡習，即使是早八的課，也會乖乖地揹著相機包，準時坐在教室最後一排的座位，當然，有沒有全神貫注在課堂上就不一定了。

更多的時間是開著筆記型電腦，在修自己拍攝的相片。李明總是會選在這個時機捎來私訊，報告一下自己在做什麼，見到什麼人，吃了什麼美食，一五一十說得很清楚。

他原本以為大學跟高中最大的差距，僅是沒有規定要穿制服上學而已，所以系上的活動與聚會全不參加，直接當整個系會不存在，就這樣子到了大一下學期。

白熊意外看見攝影社在川堂舉辦展覽，這一看就是三個小時……倒不是說相片展現了多高深的技術，而是他不斷藉著一幅幅的作品反問自己，如果這個景、這個人、這個剎那，由自己掌鏡，會選擇怎麼拍呢？

「你是我們學校的學生嗎？」

身旁出現好奇的問候，他連頭都沒回，直接道了聲「是」。

「覺得這張拍得怎樣？」

「有點可惜，雖然我沒有拍人像的經驗，但我應該不會這樣拍，這個模特兒的頭髮是暗紫色，硬要去跟場景的色調配合太過勉強，還不如強調這道有些奇幻感的紫色，讓明亮度更低一點，說不定能突顯出模特兒眉眼間的魔性。」

「你是說魔性嗎？惡魔的魔？」

「對，神祕的魔性。」

「這應該算是人身攻擊了吧？」

「什麼意……」白熊到這個時候才從掛在牆上的照片抽回視線，一轉過頭旋即傻住，萬萬沒想到本該在相框內的女人，會突然出現在面前……

「就是你得罪我的意思。」紫髮的女人板著一張臉。

「不、不好意思。」身高一百八十幾公分的白熊不停鞠躬，「我絕對沒有不敬的意思，抱歉，其實魔性這個形容詞沒有批評或負面的意思。」

「你這個莫名其妙出現的大傢伙竟然攻擊我們社長的作品，還順帶弄傷我的自尊心……」

「我眞的沒有半點攻擊的企圖，頂多、頂多算是發表看法而已。」

「別解釋這麼多了，除非你付出代價，否則我跟你沒完。」

「什麼代價……啊？」

「當然是加入我們攝影社，然後跟我去外拍一下證明你不是在吹牛。」紫髮的女人沒辦法再演下去，破功笑了出來。

「我嗎？」白熊在這個疑問之後，就一頭栽進了這一團紫色的魔幻世界。

有時候愛情來得就是這般不講道理，彷彿冥冥之中有不可思議的力量在牽引，根本不用理由，在一個眼神的互動當中，就擦出粉紅色的火光，隨著兩人更加接近，火會燒得更加猛烈。

無以倫比的欣喜會讓熱戀期中的人情不自禁到處宣揚。

「欸，我和一個可愛的女孩交往了。」

白熊當然要在第一時間告訴最好的朋友。

「是喔……恭、恭喜……」

李明光是用無比僵硬的笑容說恭喜，就用盡了所有的力氣。

等白熊走了，她獨自呆坐在公園內，等待著會不會有突如其來的風沙將自己掩埋。

宛若垃圾。

□

他們大學畢業沒多久就結婚了。

但結婚的消息沒有讓太多人知道，原因是擔心這兩、三年經營起來的粉絲團會產生不良的影響……白熊與金萱從相識到低調地公證結婚不過五年的時間，其中金萱靠著個人專屬攝影師的支持，在網路上慢慢累積了五、六萬的追蹤數，也算小有名氣的模特兒，平時接一些外拍與棚拍的工作。

這時，白熊就會從個人攝影師的身分轉變成助理兼保鏢。

模特兒難免會需要穿比較性感的服飾拍攝，金萱一個人又沒有經紀公司的協助，所幸白熊魁梧的體格自然會嚇退不少潛在的危險。

兩人的合作模式一直很順利，白熊獨特的攝影風格，讓金萱在粉絲團上傳的照片得到相當不錯的迴響，漸漸向外拓展自己的知名度。

還以爲他們的發展會如愛情電影般順利，可是婚姻是愛情的墳墓。

結婚帶給他們前所未有的隔閡。

當初結婚本身就是衝動之下的決定，他們在沖昏頭的狀況直衝戶政事務所，沒有討論、沒有傳統儀式、沒有禮客貴賓，就是兩個人，配上兩、三名朋友見證，決定了終身大事。

原本以爲結婚不就是這樣，反正兩個人形影不離，生活上同居在一起，工作上互相合作配合，應能一切照舊進行……殊不知結婚這無形的法律約束形成了巨大的枷鎖，先不論資產的問題，光是白熊想要更進一步，希望掌握妻子行蹤這件事，兩人就大吵了好幾次。

爭執在沉默中一次一次爆發……

「抱歉，我是你的妻子，不是你養的一條狗，要去哪裡是我的自由。」

「我想知道妳的行蹤是擔心妳的安危，這樣有錯？」

「不要用關心來包裝你的控制慾。」

「這樣就算是控制慾？妳跟人家去喝酒，喝了整個晚上，難道我不需要知道？」

「我跟你說，這個圈子就是這樣，有的時候需要交很多朋友，藉此來談更多工作上的合作，你眞的以爲整天乖乖待在家裡，廠商就會找上門來嗎？如果上次不是我認識那位袁襄理，手機遊戲宣傳的案子怎麼會輪到我？」

「這跟我的要求沒有關係。」

「這種事強調的就是一個隨機應變，如果我得分神每個小時還要打電話給你報備一次，你知道會害我損失多少嗎？」

「不知道，關於收入妳從來不告訴我的，我根本什麼都不知道啊。」

「不用知道，你就過你自己的生活就好了。」

「……」

「不然就去找那個李明吧，你們不是非常要好的朋友嗎？」

「怎麼會又扯到她身上？」

「拜託，她這麼有錢，又這麼漂亮，我就不相信你沒有起心動念過。」

「沒有，她也不可能看得上我這種人，妳根本不用擔心這種事。」

「對，沒錯，就是這點，我最討厭你這點。」

「我？」

「如果她看上你，你們就會在一起了，對吧？」

「妳眞的是無理取鬧！」

「對啊。」

「我跟李明從小認識，彼此是單純的朋友，哪一回跟她出去妳沒跟，一直以來她也對妳很不錯吧。」

「……」

「妳沒辦法否認李明對妳很好，更別說她這兩年生意做得很大，我們根本沒見過幾次，頂多是線上聊聊天而已，我的手機妳無聊就會拿去看，有找到什麼不對勁的訊息嗎？」

「……」

爭執又在一次一次的沉默中完結。

白熊心知肚明再這樣下去兩人的情感會慢慢消磨到一點不剩，便找了兩人難得出外約會的機會，坦白地告訴金萱，目前自己在雜誌社找到一個工作，需要駐點在玉山國家公園一段時間，拍攝記錄幾種罕見飛禽的照片。

金萱沒有贊同也沒有反對，只是顧左右而言他。

白熊就這樣搬出和金萱合租的居所，前往與世隔絕的美妙仙境，在這趟旅程中他漸漸地找回初心，再次深刻地體會到自己不適合拍人像，自然中的飛鳥走獸才是最恰當的歸宿。

一個月一期的出差結束，他依依不捨地離開最接近天堂的地方，回到凡間接上網路，將象徵成果的照片全數上傳給雜誌社，順便瀏覽許久沒開的社群網站，赫然在網路的八卦新聞中心看見妻子的近況……

簡單來說，就是知名饒舌歌手「不夜尊」被拍到帶小模上汽車旅館，至於後續的深入報導，白熊根本不用點開來看，便知道這位染著標誌性紫髮的小模是自己妻子。

白熊用最快的速度回到本來的居所，發現已經人去樓空，他不管用什麼方式都找不到金萱，連原本共同管理的粉絲團帳號密碼也被改掉，想得知妻子目前的情況竟然只能跟粉絲一起追蹤動態。

他跟雜誌社請了假，面對李明送來關心的無數訊息，不敢讀也不敢開啓，就像自己還在收不到網路的深山當中沒有回來。

妻子像是人間蒸發，只剩下一個形象活在網路上，白熊開始懷疑會不會有人綁架了金萱，然後偶爾在粉絲團上面發文，來營造出她平安的樣子。

一想到這個恐怖的可能，他就找得越急迫，只要有時間就在網上關注事情發展。

某一個傍晚，白熊剛從雜誌社下班，用手機見到網友在傳一組照片，神神祕祕的，從隻字片語中知道這有關金萱，好不容易進到私密的群組，收到了三張床照……令他全身發麻的三張床照。

女主角是金萱，全裸的，角度卻巧妙避開重點部位。

男主角不是不夜尊，而是自己。

他的瞳孔放大，想在捷運車廂中大叫，想立刻飛到金萱面前詢問這是怎麼回事……

這三張不堪入目的照片全存在金萱的手機內，怎麼可能外流？沒錯，這又再次印證先前的猜測，金萱可能是被控制或是被威脅了。

自己是男生比較不怕名譽的問題，但金萱是個嬌滴滴的女人，這些照片傳出去的傷害太大。

報警吧，白熊打算一出捷運站就到派出所報警。

正當他要收起手機之際，掌心傳來劇烈震動，點開查看，原來是金萱粉絲團的直播通知。

鏡頭前的金萱是素顏的，臉色格外蒼白沉重，坐姿相當端正，沒有半分玩笑的意思，開口就是對粉絲道歉，然後一個深深的鞠躬，再抬起頭時雙眼掛著無聲的淚痕。

她苦澀地開了口，收看直播的上千觀眾，包括白熊都能感受到穿透螢幕而來的揪心。

首先，她很坦白地表示自己非單身，和不夜尊認識是透過一次ＭＶ拍攝的合作。不夜尊表面上玩世不恭、放浪不羈，但私底下是溫柔的暖男，聽說自己遭到男友經濟控制、限制人身自由、全面且病態的約束，感到無比心疼，利用工作的機會給予前所未有的關懷，兩人才情不自禁地在一起……

白熊陷入很深很深的困惑，深不見底。

金萱聲淚俱下講述這幾年所遭受的待遇……

男方出軌和別的女人有不清不楚的關係，長期沒有正當工作，是吃軟飯的爛軟男，有著極可怕的控制慾，無時無刻都要掌控行蹤，而且態度惡劣，體格壯碩常用暴力，長久以來自己都不敢反抗，只能委曲求全，擔心受怕過著地獄般的日子。

「如果不是他給了我反抗你的勇氣……」金萱擦掉淚水，堅強地對著鏡頭也對著白熊道：「我現在還是你的提款機、性玩具、隨意揉捏的奴隸吧。」

「這在說誰？這到底是在說誰啊！」白熊已經完全不在意自己正在捷運車廂，以及旁人異樣的眼光。

「現在他提供給我一個安全的住所，我目前很平安，大家不要擔心，不夜尊對我非常地好。」金萱慢慢地改變了語氣，像是對著未知的敵人說話，「你要怎麼報復我都沒關係，就算要外流我們的私密照也無所謂，是的，我深受打擊，這幾天都煎熬睡不著覺，我很痛苦，代表你真的成功了，但是，請你將所有的怨恨都對著我來，不要傷害到其他人，拜託你，拜託……」

說到這裡，她哽咽著，情緒再一次失控，便直接關掉了攝影機，結束了這場直播，留下無數譁然的粉絲。

以及，如置深淵的白熊。

他彷彿身處在一座深不見底、塡滿著濃稠情緒的深淵。

他不斷地懷疑這個世界是不是所謂的平行空間，爲什麼螢幕內的金萱是這麼熟悉又這麼陌生？爲什麼說出的話明明似曾相識，卻刻意扭曲地編造變成充滿憤恨的故事？這些問題，像是來自四面八方的惡意，試圖溺死處在深淵最底的自己。

李明不間斷的來電通知都沒辦法讓他挪動大拇指點接通，他整個腦袋硬是產生了無以數計的問號與錯亂的線條，層層疊疊、疊疊層層，塗滿成純粹的黑暗，在這片伸手不見五指的漆黑中迷失。

手機一直響到沒電爲止。

白熊就這樣失神地坐著，讓捷運帶著自己到達終點站，再從終點站前往起點，一直到被整個世界遺忘爲止。

□

李明所講述的故事，是小菜永遠調查不到的起因。

她坐在輪椅上，仍在反覆咀嚼這段過往。

她推著輪椅，似乎暫時沒勇氣再說下去。

經過護理師與白熊細心的照料，小菜的狀況改善許多，已經能出病房在院內散步，李明自告奮勇，白熊被迫殿後於十公尺外，理由是女孩子在聊心事，臭男生沒資格聽。

明明是走在熱鬧的地下街，她們倆之間的沉默在故事告一個段落後持續延伸……

倒是李明故意岔開話題，建議道：「我們可以去租一輛電動輪椅，妳就能自己到處跑了，比方說呀，醫院旁不是有捷運站嗎？沿線有許多景點或百貨公司，如果無聊就叫白熊跟著，整個北部跑透透。」

「嗯……」

「沒興趣啊？」

小菜彷彿聽不見任何聲音，依然沉浸在剛剛聽到的故事中，根據阿爺常常掛在嘴邊的因果，這一段曲折的衝突恐怕便是整起事件的因，而果……她回憶起車禍時的白熊，那扭曲的怒容與鋒利的刀，如此大的屈辱，真的會這麼簡單結束嗎？

看起來人畜無害的白熊，已經看開放下了嗎？

「故事還沒說完……」

「嗯，還沒說完。」

「我想知道。」

「那麼……我們一起去喝杯咖啡吧。」

李明一個緩慢的轉彎，推著小菜回到剛剛錯過的咖啡廳，就是這樣不經意的步伐，像是讓時光回溯，回到白熊此生最不堪的日子。

金萱的控訴直播在網路上獲得爆炸性的散播，幾乎人人都在關注這個事件，金萱的聲名大噪，從「跟不夜尊一起上汽車旅館的小模」，變成「勇敢抵抗恐怖情人的金萱」，她擁有了自己的名字，再也不是無關緊要的小模。

已經沒人在意她出軌了，畢竟用床照控制對方的關係根本不算交往，當然就沒有外遇的問題。

無數湧進來的祝福、鼓勵、建議，全部轉化爲她的養分，提供繼續生長的力量，粉絲團的追蹤人數一下子暴增數倍，來到二、三十萬的區間，成名的速度之快，超乎她原先的想像。

同情，以及經過包裝的勇氣，有著令人盲目追隨的效果。

白熊切斷所有與網路的連結，刪掉使用多年的社群帳號，選擇抹掉自己的存在，假裝這一切都沒發生過，自己沒有被圍剿、自己沒有被封爲衣冠禽獸的渣男。

他迫切需要回到山林，只要在那無憂無慮的仙境，一定能夠忘記痛苦，一定能夠忘記金萱。

「抱歉，我們雜誌社沒有辦法再支援你，雖然你拍的照片眞的很棒，而且深山裡面也沒有人想去……但是，抱歉，我們不能夠再合作了。」這段話從他熟識的總編輯口中說出，晴天霹靂。

「爲什麼？是經費不足嗎？」白熊需要問出一個讓自己釋懷的答案。

「不是。」總編輯很肯定。

「……我明白了。」白熊離開了雜誌社，答案不言自明。

沒有地方敢用一位惡名昭彰的渣男。

白熊把所有攝影相關的設備都賣掉了，宛若賣掉了自己生命的一部分，沒辦法，在這個城市生活，沒有錢是不行的，尤其在大學畢業之後，他無條件地擔任金萱的個人助理與專屬攝影師，沒有機會存到什麼錢，如今遭遇巨變，才明白存款的重要性。

直到此時，他都沒有聯絡李明。

白熊開始去當一名美食外送員，騎著電動機車，用手機的APP接單，一天跑個十幾趟，勉強能維持最基本的生活，賺不了什麼大錢，最少餓不死人。

不要去碰觸傷口就不會痛了，他在潛意識中執行這樣的方針，保護著自己不再受苦，避開金萱的相關事物，一起吃過的餐廳、一起約會的地點、一起生活的範圍，統統，全部，避開，就連過去的大學同學、共同好友也斷絕聯繫。

讓時間流淌，迫使傷口結痂，將自己鎖在無形牢籠中，竟然是最舒適的選擇。

原本他以為可以這樣平平淡淡地過下去。

卻在收到一張訂單之後徹底破滅。

白熊是第一次去這麼貴的餐廳，雙手提著五、六千元的午餐感到納悶，而且最讓他吃驚的是，這不過是兩人份……一到達客戶居住的社區，他立即知道這一點都不奇怪了。

能住在這種豪宅內，吃得精緻一點很合理，有的還自備私廚，過著天堂一般的人生，光是送餐員這個身分，居然要通過三道關卡才能進入電梯。

電梯上去，每一層就只有一戶，基本上電梯門就等於家門，白熊握著提袋難免有點緊張……

叮！

門開了。

白熊直接遞出提袋，就怕打擾到對方。

金萱接過，淺淺地笑道：「好巧。」

白熊猛然抬頭，首先進入瞳孔的是熟悉的紫色髮絲，再來是鬆鬆垮垮的浴袍，她慵懶的姿態像是剛剛起床，午餐是今日的第一餐，後頭，有個只穿四角褲的男人走過，沒注意到電梯這邊發生的事。

金萱的睡意全消，嘴角的笑意更盛，充滿魔性的瞳孔中，若有似無地帶著一絲興奮、一絲驕傲，「過得好嗎？」

「……」白熊垂下頭，本以爲自己有很多話想說，豈知連口都開不了。

「我住在這，過得很好喔。」

「……」

「你恨我嗎？」

「……」

「不要恨我，畢竟我也沒恨你。」

「妳、妳妳外遇……妳……」白熊頓時激動得口齒不清。

「我是肉體外遇沒錯，但你是更可恨的精神外遇……我至少曾經愛過你，但你根本從未愛過我，請問，誰更喪盡天良？誰更卑鄙無恥？」金萱說得輕描淡寫。

「胡說八道！」

「隨便你怎麼說，反正你說的一點都不重要。」

「妳！」

「見到你這麼落魄，我就心安了……」金萱輕蔑地瞇起雙眼，宛若在看著價值已經全部榨乾的殘渣。

「妳這個不要臉的女人！」

「現在是不是很痛苦？是不是很後悔？」

「妳不是人！」

白熊壯碩的身軀氣得發抖，不明白當初爲什麼會對這種惡魔一見鍾情，金萱的面容在視線中無法維持人貌，五官全在旋轉變異，膚色沉澱成近乎血紅的黑。

這樣的存在，像是證明了自己的一生有多愚蠢可悲，那，這樣不是人的存在，是不是摧毀掉也沒關係？

「認清現實吧。」金萱輕笑道：「你的人生只有兩種選擇，當我的狗，或者是被世界唾棄。」

白熊雙手握拳，瞳孔的血絲朝四周延伸，憤怒得頸部的青筋全數浮起。

「最近，我身邊缺一個好用的助理。」金萱的手伸入電梯，按下回到一樓的按鈕，在電梯門緩緩關閉之前，用施捨的口吻扔下一句話，「請好好地把握這個機會。」

叮！

門關了。

白熊決定要殺死她。

「他就在那個瞬間徹底失去理智。」李明朝苦澀的黑咖啡插入吸管，遞給不良於行的小菜。

小菜喝了一口，一點都不覺得苦。

相較起被愛神亂點鴛鴦譜的白熊來說，不管多苦，統統都不值一提。

所謂的因果、所謂的對錯，其實是很複雜的，由人的選擇加上周圍的影響，產生了最後的結果。

所以有一句諺語是這麼說的，「仙人打鼓有時錯，腳步踏差誰人無」。每一位神明在漫長的光陰中執業，或多或少都會出現錯誤，對自己的業績造成嚴重的削減。可是，一旦錯了就錯了，再刻意去彌補，恐怕又會生出更多事端，神明們早就習以爲常，揮別過去，繼續兢兢業業地做下去。

如此落魄喪志的白熊，眞的很適合窮神結緣。

「之後的事相信妳也知道了，白熊這個白痴就跑到賣場去買了一把刀，不顧一切急匆匆地要回去找金萱同歸於盡，電動機車騎上了人行道，然後好死不死撞到了妳……對不起，我眞的不能說他沒做錯，但希望妳能原諒一個遭逢劇變、自尋死路的男人，讓他補償，不要走上歪路。」李明代替摯友請求原諒。

「我……」小菜只是搖搖頭。

「多謝妳。」

「我什麼都沒做。」

「沒事。」

「感覺起來不像沒事。」

「好吧，不知道爲什麼，我有一種很古怪的直覺。」

「什麼呢？」小菜歪著頭。

「能夠拯救他的，可能是妳。」李明很篤定地說，微笑。

第1.4章 李姓攤商

如果四維高中要舉出一項功績，能讓校長登上地方報紙炫耀，大概就是曾打進全國四強的棒球校隊。

這批在體育班接受專業訓練的球員，在校內可以說是明星般的存在，不僅受到師長的特殊待遇，還受到學生廣泛的追捧。

其中，可以算是王牌投手的葉學長，在午餐時間特地到高一教室，眾目睽睽中呼喚林音出來。

她放下餐具，原本還搞不懂狀況，等到班上同學曖昧地起鬨，才明白這位比自己小一歲的陌生學長想做什麼。

果然是告白沒錯，葉學長雖然很受女生歡迎，卻沒有太多跟異性獨處的機會，一番示好說得結結巴巴，全無平時站在轉播鏡頭前，宰制可憐打者的冷酷。

「所以說，嗯……我想說，下次要不要跟我去看電影？」

「不了。」林音相當直接地拒絕，目前要煩惱的問題太多，先不說汝貞製造出的麻煩，光是虎堂動用幫眾的力量搜尋自己，就麻煩到連食慾都受到影響，這兩、三天都吃不下東西。

站在鋼絲上的人，是沒心力談情說愛的。

但是她不想在這種時刻，再得罪一位明星球員，緩了緩太過強硬的語氣，溫和地解釋道：「抱歉，你很好，只是我們不適合，因爲……我比較喜歡比自己大的男生。」

葉學長知道除非時光逆轉，否則永遠無法達成這無解的條件，抓抓自己的三分頭失落地說沒關係。

這樣的小事，林音根本沒放在心上，卻沒想到所有的轉折，後面帶來的所有後果，都是因爲學長突然的告白。

來得很快。

就在下午的體育課。

一如往常，林音稱病躲到女廁內逛網路賣場。

她需要紓解壓力，目前該死的公民作業得書寫家族歷史，汝貞已經問好幾次什麼時候要開始，各種不方便的藉口總有用盡的一天，必須想出一個一勞永逸解決的辦法，再來，虎堂的威脅一直沒有消失，萬一被找到了，後果眞的不堪設想。

頭好疼，透過將商品放入購物車的動作，得到暫時的解脫。

快樂的時光過得特別快，象徵體育課結束的下課鐘聲響起，短短的十分鐘休息過後，迎來最後一堂美術課，今天的課程就算完結。

林音收好手機，解鎖推門卻意外發現……

打不開，不管用多大的力氣推都打不開，是門鎖壞掉了嗎？不，不像，透過幾次撞擊，很明顯是有「東西」卡住了門，才會無法順利地開啓。

很詭異，她察覺到不尋常……

「不好意思，請問……外面有人嗎？」

沒人，也就沒人回應。

「請問，那個，咦？」

她總算感受到最不自然的地方了。

就是沒有人。

現在是下課時間，怎麼可能沒人來上廁所，尤其是女廁，偶爾人多的情況還得排隊。

外面靜悄悄的，靜得令人感到不安。

林音知道生理需求是不可能說沒有就沒有，一定會有女同學需要用廁所的，那怎麼會連一個人都沒有出現？這是不是代表……女廁門外，有人在阻擋？

掙扎、喊叫，不過是變相的示弱，她坐回馬桶拿出手機卻不知道該打給誰，在小小的空間中，無形的壓迫從四方而來，體內每一條神經都能感受到敵意存在，但雙眼卻見不到任何敵人。

比起國小時草木皆兵、人人皆敵的狀況，目前被關廁所根本不算什麼，要對付這些不知死活的同學有超過一百種辦法，但在虎堂的追索下，如果將事情鬧大，風險太高。

在校園內，無論什麼程度的霸凌，都有一定的底線，然而拉抬到黑幫的世界，依她在德叔身邊偷看、偷聽到的經驗判斷，壓根就沒有底線這種東西。

渾身都是揮之不去的枷鎖，林音被壓得喘不過氣，上課鐘已經響起，她卻仍不知道該打電話給誰求助，假設繼續持續下去，拖到全校放學，恐怕要有在廁所過夜的心理準備。

喀、喀喀喀……她忽然聽到兩支拖把或掃把墜地的聲響，連忙推開門，果然順利打開了，只見一道身影遁走，無法判斷是凶手還是恩人，不過能確定剛剛的門是被兩支拖把卡死。

快步回到教室，美術課早就開始，想當然被老師數落了一頓。林音坐回位子，完全沒注意聽老師的責備，反倒默默不語地掃視全班同學，試圖找出惡整自己的凶手。

沒有人出現不尋常的表情，林音才恍然大悟……

原來凶手不只一個。

□

「音音，什麼時候去妳家呀？」

這個問題已經成爲林音的夢魘。

過去她對同學的說詞，是父親在外國擔任客座教授，只有長假能夠回家，母親常常在各縣市出差，一週就在家兩、三天，如今媽媽不在的藉口已經用太多次，難以再推託使用。

幸好，汝貞說先從她家開始訪問，本週六她的雙親都在家，願意說一些家族過去的故事。

即便如此，躲得了一時、躲不過一世，如果不解決問題，就會被問題解決。林音甚至打算租間樣品屋，找個臨時演員來扮演惠姨，只可惜，沒有經費。

睡不著覺的林音早早就出門了，比校車預定來的時間早了半個小時，她選擇坐在附近的長椅上發呆，無神地望著一台又一台汽機車經過，在凌晨的寧靜時分，添加一些喧囂。

無聲無息，突然，有人靠近。

近到僅有兩步之隔，林音才赫然驚覺，一名坐在輪椅上的身障者出現，女性、二十歲、全身包緊緊，看不太清楚外貌，胸前有塊板子架在左右兩邊的手把上，擺著整排的口香糖當作商品。

可能是自己太專注的關係才沒有發現，林音隨便找了個理由解釋，誤以為對方是來推銷，低聲道：「請給我一條吧。」

「我不是來賣……」小菜語氣有些飄忽，感覺有幾分神祕，但實際上是太過緊張。

「不是？」

「喔喔，是啦。」差點忘記角色設定的小菜連忙遞出一條口香糖，沒問客人要什麼口味。

「妳認識我嗎？」

「不認……其實也算認識吧。」

「什麼意思？」

「我、我……」小茱垂下頭，慌張地喃喃道：「我就沒辦法像阿爺神機妙算，要干涉塵世只能用這種最笨、最直接的方式啊……」

「妳說什麼？」林音察覺到不對勁。

「我想說的……想說的是，剛剛看到妳神情凝重，順便來關心一下，絕對沒有任何企圖。」

「是嗎？」

「是是是。」

「妳……都已經這樣了，還來關心我。」

「好奇嘛。」

「我也能好奇妳身體不方便的原因嗎？」

「我喔……我是生了一種病。」

「……」林音原本想故意刺激對方，沒想到得到這種坦蕩蕩的回應。

「妳，是不是失去了什麼？」小茱趁機按原先的劇本走。

「是。」林音沒有迴避，想探探對方的目的。

「失去了什麼？」

「太多了，我說不完。」

「其實我身爲一名窮……身爲一名過來人，也失去很多東西。」

「喔？」

「妳看看我現在的慘樣，就能明白了吧。」

「我失去的，跟妳失去的，是截然不同的東西。」

「看得出來。」

「所以不管妳自以爲是地想勸我什麼，都沒有半點意義。」林音只想獨自靜一靜。

小菜卻自顧自地說：「我不太懂人，但我默默觀察了很久很久……人從降生到死亡，是自己選擇的也好，是神明的捉弄也罷，總會遇到許多難題，假設一遇到難題，就想排除掉誰或是犧牲掉誰，到頭來會發現，真正的難題是再也找不到值得信任託付的人。」

林音迅速地抬起頭。

「妳會在臨死前認知到這個殘酷的事實，然後處於孤獨當中懊悔，無比淒涼。」

小菜不管了，想說的全說出口。

林音的臉色微變，覺得眼前的身障者意有所指。

「雖然由我說出口是不太恰當，但我也爲這個疑問困擾了好長的時光，一直在想……說不定，我是假設啦，所謂的貧窮，可能不是絕對的壞事。」

「……」

「否則，窮神的存在價值是什麼？」

「窮神……嗎？」林音終於確認，這人的障礙並不是僅有軀體。

「總不可能，就是帶來霉運跟不幸而已，對吧？」小茱的口吻更像是在問自己。

「我要上學了，先……」

「人生就如同一個裝滿的袋子，不失去，就再也裝不進任何東西。」

「抱歉，我看公車要到了。」

「無論妳產生什麼想法，請不要去執行。」小茱抓住林音的手腕。

「妳……」林音回過頭，第一眼就瞧見小茱混濁的雙眸，愣住。

「請不要。」

「……妳怎麼知道我的想法？」

「我說的無論，就是全部的意思，依妳目前這種情況，任何想法都會讓未來的自己後悔。」

「神經病……」林音開始嘗試掙脫。

「從一開始，妳就搞錯了。」小菜不放，整台輪椅在晃動。

「妳到、到底在說什麼！」

「我不是來勸妳的。」小菜慢慢地鬆開手，淡淡地說：「我是來阻止妳。」

林音退到五步之外，瞪了坐在輪椅上的神經病，立即頭也不回地離開，那種內心深處的陰暗被人狠狠拆開的徬徨，促使她的雙腳用最快的速度飛奔。

「我不像阿爺那麼聰明，還是這種最笨、最直接的干涉比較適合我……」小菜一邊說、一邊退出塵世，「至於業績……或是城隍找上門的麻煩，那也無可奈何。」

林音已經離得太遠，沒見到小菜打破物理規則的退場方式，否則她便不會認爲，在這個清晨只是遇到一個單純的瘋子。

□

要煩心的事太多，林音對小菜的印象，在公車抵達校門之際就變得沒有那麼強烈，一個神經病的瘋言瘋語，不小心猜中了什麼，其重要性還不如早餐要吃什麼。步行到合作社，見到整排的早餐卻沒有食慾，最後用最低的預算買了吐司跟紅茶，算是打發掉一餐。

還很早，許多班級的門窗都沒開啓，她漫步在通往教室的走廊，沒享受到迎面而來的涼風、沒沉浸在珍貴的靜謐，滿腦子就想扔掉書包與早餐，頭也不回地逃離學校，逃到一個無憂無慮的地方。

她明白這個世界講究的是等價交換，想要無憂無慮勢必得付出同等的代價，唯一的例外是德叔，她這位短暫的父親，可以感受得到德叔對女兒是能做到不求回報的，縱使不能理解這樣的情感，卻能肯定父女之情確實存在，而且是超乎常理，格外珍貴的存在。

德叔不求回報，但林音堅信等價交換，於是她用盡全力去當一名不用父母擔憂的好孩子，並且想要侍奉德叔直到老死。

然而，林音從不後悔交出黑資料。

如果再重新選一次，她依然會背叛德叔，畢竟在「好好地活」這條鐵則之前，任何事物、情感都是次要的。

這是母親最後的交代，不管怎樣一定要遵守……

林音走進教室，發現光線不太充足，窗戶的窗簾全被拉上，只開著一盞燈，昏昏暗暗的。

一眼數過去，已經有六名男同學在座了，她走到自己的位子，忽然看見課桌桌面與抽屜排著十幾條內衣與內褲，女用、各色、各款式，有樸素的運動內衣，也有遮不住點的情趣開襠內褲……

全是自家的商品。

林音的臉色蒼白。

「嘿，妳來了啊！」吃著一根熱狗當早餐的雞哥登場，曖昧的笑容著實噁心。

林音猛然回過頭，卻不感到意外。

「這是我們一起團購的，想請妳幫忙一下。」

一聽到雞哥這樣說，原本還假裝什麼都不知道的六位男同學，終於忍不住噗哧一聲笑了出來，儼然，是一場設計好的局。

「聽說妳跟大家講爸爸在外國當教授，媽媽是什麼大公司的經理，結果是在夜市賣內衣的啊！」雞哥也忍不住哈哈大笑，「這麼品學兼優的學生怎麼可以說謊騙人？」

「對呀對呀，這是在說謊吧」、「超會吹牛，真不簡單」、「還好有名偵探雞哥，不然就一直被蒙在鼓裡啦」、「多謝雞哥，查明眞相」、「謝謝雞哥」……男同學們沒有放過這次起鬨的機會。

「好說好說，不用謝，我只是看不慣有人說謊，跳出來仗義執言而已。」雞哥裝模作樣地拱拱手，連自己都覺得好笑。

林音提早餐的手在顫抖，爲了圓這個謊，曾經做過許多努力，合成父親在國外的照片，僞造假的名片，製作虛構的外語新聞，仿製某間大公司的員工證……太多太多了，有的費盡心力、有的昧著良心，明明連老師都騙得過，怎麼會被這個智商三流、水準四流的不良少年識破？

滿滿的羞恥湧上心頭。

「好了，我們不是要找碴，事情是這樣的。」雞哥輕咳幾聲，沉聲道：「內衣褲是找妳媽團購的，結果萬萬沒想到，我們幾個只會脫不會穿吶。」

教室內瞬間爆出譏笑聲，一陣又一陣。

「妳們家有提供售後服務吧，所以想請妳教教我們，最好是提供眞人示範。」

笑聲又被推上另一波高峰，彷彿此生沒聽過比這更逗的笑話。

林音冷若冰霜，完全沒聽見雞哥的言語騷擾，一心只想著要怎麼讓這六位笑得跟弱智無異的蠢貨痛徹心扉地閉上嘴，永遠不能再張開噁心至極的臭嘴。

「喂，小姐，妳這是什麼服務態度啊，我們不過是要求妳脫掉制服，親自示範怎麼穿脫奶罩，讓我們錄個教學影片而已，臉爲什麼給老子臭成這樣？」雞哥懂得怎麼得寸進尺。

其餘的男同學反倒是靜下來了，抱持著看好戲的心態，期待雞哥最有趣的演出，順便等待指令，看是要把風，還是要堵嘴、壓制手腳，都已經準備好了。

「閉上你的嘴。」林音的手伸進口袋，握住一柄美工刀。

「幹，妳他馬的很跩欸，一個滿嘴謊言的騙子敢這麼囂張？」雞哥惡狠狠地說：「我是虎堂的啦，專門教訓妳這種婊子懂嗎？懂不懂！」

林音斜眼望向對方，跟看著蟑螂的眼神差不多。

「我一通電話打下去，校門口立刻堵滿人，不要說老師、教官，連警察都動彈不得，妳信不信？馬的，眞當我是在跟妳說笑？」

「吵死了……」林音咬著牙，已經快失去理智。

「給妳一個機會，示範給我們看完，這件事就算過去了，幹，不要逼我動粗，到時候會很不好看。」雞哥的雙眼漸漸貪婪地在林音的領口游移。

「滾開。」林音冷冷地說，完全不考慮這一刀割下去的後果了。目標是雞哥的頸動脈，可是抽出美工刀的瞬間，便有中與不中兩種結果，不中的話，對方七名男性一擁而上，估計不會有好下場，假設中的話，要怎麼搞定剩下的六位目擊證人？屍體與滿地的鮮血該怎麼辦？

硬碰硬是最糟的選擇，但她氣極攻心，豁出去不管了，只想立即讓他們閉嘴，還這間教室清靜，挽回破碎的尊嚴……

「幹，妳再叫我滾開試試看！」雞哥怒極反笑，現在小弟們可是睜大眼在看，要是不能讓一個婊子乖乖就範，以後也不用再混了。

林音移動腳步，準備走向教室門。

雞哥為了顧面子，伸手猛推了一把。

林音已經推出美工刀的刀片將要掏出，劃向人體最脆弱的脖子……

「你們在做什麼！」汝貞在關鍵的時機闖了進來。

林音跌坐在地上，手還插在口袋，冷眼觀察目前的狀況。

汝貞掃視教室一遍，溫柔地扶起林音，大罵在場的所有男性，內容不外乎是「欺負女生算什麼男人」、「你們的行為真的太噁心」。雞哥面無表情，沒有反嗆回去，默默聽著批評。

過沒多久，早餐還沒吃的教官也來了，語氣相當不耐煩，似乎很厭惡在美好的早晨處理學生之間的破事。

林音沒有趁機告狀，彷彿自己不是當事人。

教官見狀，直接認定是雞哥跑到一年級教室惹麻煩，要他立刻到教官室罰站，否則自行負責後果。

雞哥瞟一眼林音，邪邪地笑了笑，吊兒郎當地跟教官離去，那眼神充滿挑釁與警告的意味，沒有一丁點掩飾。

林音明白，這事還沒完。

□

汝貞的家，比林音想像中高級。

原先以爲會讓孩子讀四維高中的家庭，多半是勞工受薪階級或是農務世家，卻沒想到汝貞是住在市區的華廈社區，有花園、有保全，出入都有管制，要不是有住戶允許，林音根本就進不來。

今天，依約定拜訪汝貞的雙親，爲了完成公民老師交代的作業。

這可能是這陣子最好的消息了，林音暗暗地鬆口氣，就算班上同學應該都知道自己說的謊言，但知道歸知道，總比親眼見到要好太多，最重要的是汝貞似乎並不介意自己眞正的家世背景，不幸中的大幸。

跟狗籠差不多的家，是林音最不願提及與碰觸的一塊，更何況是大剌剌地掀開來讓其他人瞧見。

天氣並不熱，室內依舊開著恆溫空調，林音禮貌地坐在鬆軟的沙發，屁股陷了進去，意外地感到放鬆，舉目所及的地毯、掛畫、圓桌、茶几……全部是經過設計的，維持了客廳的一體感，溫馨柔和的配色，圓潤無銳角的家具，減緩客人來到陌生環境的壓力。

比起過去自己住的別墅，豪華程度雖是天壤之別，可是汝貞的家小而精緻，採光透亮，通暢透風，才坐沒多久就覺得舒適，完全不願再想起那間又陰又臭連廁所都沒的雅房。

汝貞端著蛋糕跟紅茶來了，對比起在外精心的打扮與妝容，在自己家就是最簡單的素顏與睡衣，樸實得讓林音有些詫異。

「抱歉，我爸媽有事耽擱，會晚一點到家，我們先吃一點下午茶。」

「謝謝。」

爲了維持自己在減肥的設定，林音端起玻璃杯，啜飲微甜的錫蘭紅茶，沒碰那塊切成三角形的黑森林蛋糕。

「不用謝。」

「前幾天的早上，也謝謝妳。」

「前幾……喔。」汝貞憶起林音所指的事，一臉厭棄地說：「其實，我也很討厭雞哥，超噁的人。」

「同感。」林音點頭。

「記得當初我們去逛夜市吧，一路上是怎麼對我毛手毛腳的，相信妳都有看到。」

「對，那爲什麼妳還……」

「這就說來話長了，我還得跟妳道歉呢。」

「怎麼說？」

「雞哥在校內算是挺罩的……之前我有些糾紛不得不請他幫忙，他的背後是勢力龐大的虎堂，糾紛輕鬆解決，導致我也欠他一份人情。」

「原來如此。」

「他一直要求交往，我當然想盡辦法推託。」汝貞揉著額頭，苦惱地說：「被吃吃豆腐是免不了了，但是沒想到他的目標會轉向妳。」

「我？」林音稍覺意外，畢竟比起汝貞，自己並不算漂亮的女人。

「雞哥一直死纏爛打，吵著要約妳出去玩，我才迫於無奈找妳去逛夜市。」汝貞特別強調，「我有跟他約法三章，說絕不能騷擾妳。」

「他這種人根本沒信用，妳別自責。」林音難得地伸手，拍拍這位同學的肩。

「沒想到他跑到教室去找妳，唉。」

「沒關係，他也沒再找我麻煩了。」

「那就好，不過……妳的母親……」

面對最不想談的話題，林音在謊言被戳破之後，確實需要再建立新的形象、再提出一個新的說詞。她刻意看似爲難地停頓片刻，喝幾口紅茶，才緩緩道：「我的父親因爲一起商業犯罪入獄……導致我們家欠很多錢，只能非常低調地過日子。」

「原來是這樣呀。」汝貞恍然大悟。

「所以我不是故意編故事騙大家，我父母過去真的是教授跟公司的高階主管。」

「妳家是不是怕被債主發現啊？」

「沒錯。」

「如果是黑的討債集團，雞哥說不定有門路……」

「不，我死也不可能找他幫忙。」

「也對，欠他人情的確很麻煩。」汝貞聳聳肩，煩躁地說：「像現在我得陪妳演這麼久的戲，也超討厭的。」

原本算是融洽的氣氛，忽然有幾分詭異的味道，如同破裂的瓦斯管路，漸漸地滲出……

「什麼意……」林音忽然感到很疲憊，這種怪異的疲憊不是突然蹦出的，而是一點一點地累積，直到身體察覺到，眼皮已經沉得快睜不開。

「一直尬聊下去也不是辦法，喂！還不出來處理？」汝貞離開沙發，朝臥室方向大喊。

「輪到我登場啦？」雞哥聞聲走了出來，老早就準備好了。

「你提供的是什麼爛藥，喝這麼久都沒效果。」

「奇怪，上次在夜店用就很有效啊。反正沒差，妳沒看她站不起來了喔。」

「隨便啦。」汝貞雙手抱胸，冷眼旁觀地說：「你要記得，欠我一次人情。」

「是是是，下次妳拿貨打九折。」雞哥的心情頗佳，雙眼盯著癱軟的獵物，嘴巴什麼都能答應。

「搞定之後，你記得要拍照、錄影，恐嚇她閉嘴。」

「放心，我又不是第一次幹了，嘿嘿嘿。」

「等她徹底昏死，直接揹出去走樓梯到地下停車場，不要弄髒我家。」汝貞不適地乾嘔幾聲，擺擺手要雞哥趕緊帶林音走。

「真小氣，妳的房間不能借我用一用嗎？」雞哥挺失望，迫不及待的慾火被澆熄大半。

「你敢？」

「反正妳父母這幾天都不在吧。」

「滾啦。」

「好，幹，妳真凶。」

「髒死了，一想到就覺得噁心。」汝貞甩過頭去。

雞哥先是確認林音的狀況，藥效發揮之後，林音無論多想掙扎，依舊全身發軟，意識變得格外模糊。即便如此，她強烈的恨意卻支撐住眼皮，想用這對充滿怨懟的雙眼，深刻地將他們兩人的身影，烙印在「必定復仇」的名單中。

三分鐘過去，林音還是不幸地昏過去，雞哥拍拍她的臉，肯定這不是在演戲，便興高采烈地揹起獵物，整張臉就像剛得到聖誕禮物的孩子，笑得合不攏嘴。

人已經到手，晚一點再享用也沒關係，他小心翼翼地朝門口走去，忽然想到一個問題，順便開口問了汝貞。

「欸，妳是不是眞的很喜歡那個棒球隊的葉征？」

「沒有。」

「那也太巧，聽說葉征去找她告白，妳就突然願意幫我。」

「就說沒有了。」

「那到底是爲什麼？」雞哥停下腳步，彷彿不得到答案就不願走。

「我就想看她還是不是處女啊。」汝貞很困惑，不懂爲什麼自己要回答這種蠢問題，「這很正常吧？」

第2.4章

白姓攝影師

「能夠拯救他的，是妳。」

小菜這幾天都在思索這段李明說的話。

如果是財神要出手救人，就如同過去的阿爺動用神權，強行干涉塵世，各種不可思議的現象都能出現，要救回無路可走的人還不是輕而易舉，畢竟擁有財富就能擁有大部分的快樂。

很現實的事實。

而窮神恰好是財神的相反，要逼人走上絕路、要讓人妻離子散，也不過是在想與不想的一念之間而已，於是漫長的光陰過去，窮神自立一條不成文的鐵則，避免神權過度發揮，惹上城隍關注不說，對自身的福報也不好。

救人對窮神來說，不靠近對方就算是伸出援手了。

小菜一想至此，抹抹臉提振一下頹靡的精神，從指縫中瞧見正在打瞌睡的白熊，不自覺地搖搖頭，這個人的際遇眞是爛到谷底，難怪樂芙會推薦給自己。

只是，如果再跟白熊結緣，奪走他所剩不多的東西，那跟拿把刀直接刺死他沒有兩樣，皆是要了他的命。

「該怎麼辦呢……」小菜喃喃道。

目前的身體狀況比之前好上許多，醫生說再過不了多久便能拿掉腿內的鋼釘，後續認眞地復健就有機會痊癒，反過來說，這代表自己目前還不能長時間離開醫院，得坐在輪椅上生活一段時間。

慶幸的是，只要透過神的世界，即便坐輪椅也能到達任何地方，小菜偶爾還會跑回那座廢棄的內壢樂園，短暫重溫過去孤獨的時光……當然不能太久，否則找不到人的白熊又會大驚小怪。

小菜無聊地問：「你這個人……就沒有什麼事要做嗎？」

「什、什麼？」睡迷糊的白熊醒過來，很茫然。

「你就沒什麼事要做嗎？」

「有啊，當妳的看護。」

「不是，我是說車禍之前。」

「喔，送餐的。」

「再更之前。」

「更之前？」

「嗯。」

「這個嘛，大概算是……在玩攝影吧。」說到攝影，白熊的表情變得有一點複雜。

「攝影好玩嗎？」小菜不懂。

「我沒辦法用好玩或不好玩這種簡單的辭彙，去描述……」白熊苦笑著，不太想談這個話題。

可惜小菜看不懂臉色，單純地說：「那就用複雜一點的辭彙，讓我瞭解。」

「這個……」白熊很意外，但看見眼前的可憐女孩，臉色蒼白、腿綁石膏、失去記憶、毫無心機的模樣，又不忍心拒絕，垂下雙肩，問：「爲什麼妳突然想知道？」

「你都說是突然的，代表沒有原因啊。」

「我懂了……」白熊開始摸摸下巴的鬍碴，將視線平移到空無一物的白牆，白牆卻像一面布幕，上面投影著過去的記憶片段。

最一開始，是如何喜歡上相機的，已經記不清楚了，倒是對於拍攝的每一個步驟記憶猶新，彷彿三分鐘前才心滿意足地拍完，連記憶卡都還未拔出來接到電腦，裡頭的相片熱騰騰的，回味無窮。

追著光源、營造氛圍，感光度、白平衡、對焦、曝光補償、閃光燈，各種的精妙數字調整，皆是爲了按下快門的這一秒存在，反過來說，只要控制了這一秒，就會讓人產生控制部分世界的美妙錯覺。

他就是愛上了這個錯覺。

在回憶中，金萱出現的畫面少得可憐，不知道是不願再去觸碰這塊傷疤，還是在衝動到想殺人的狂怒之後，赫然驚覺這個人並沒有原先想像的那麼重要。

不能再爲了不愛自己的女人，失去了自己……白熊反覆地在心中複誦這句經由犧牲無辜小菜才明白的道理。

「抱歉……」他回過神。

「怎麼了？」小菜好奇地問。

「攝影呀……就像是我和人、飛禽走獸、自然世界透過相機溝通的過程，裡面有著各式各樣的喜怒哀樂、有著自我檢討與道理領悟，成爲攝影師是我的人生最驕傲的段落，所以說，對於一段最珍貴的人生而言，我眞的沒辦法用好玩或不好玩，還是用我能使用的語言敘述……眞的太難太難了。」

「……」

小菜很詫異，沒想到外觀像一頭黑熊的白熊能夠說出這樣的話。

「對不起……我自以爲是地說了一堆。」

「行，我明白了。」

「妳、妳能明白？」

「要救你的話，首先得讓你重拾攝影。」

「救我……什麼意思？」白熊一頭霧水，甚至覺得小菜的腦震盪症狀復發，是不是該緊急聯絡一下護理師？

小菜半瞇起眼睛，微微地側著頭，像是豁了出去，下定某種決心說：「走，我們去拍照吧。」

「不，等等……我的設備早就全賣了。」

「你現在能拿出多少錢？」

「現金……大概兩、三萬，不過這是我這段時間的生活費……」

白熊說到一半，就被小菜無情地打斷。

「你有在看棒球比賽嗎？」

「爲、爲什麼？怎麼會說到棒球？」

「姑且……就當作有吧。」

「啥？」

□

對於台北象隊的當家終結者來說，今天是無比重要且榮耀的日子。

身爲一位終結者，顧名思義就是用來終結對手的。

在第九局，往往是隊友最疲憊、精神最緊繃的時刻，特別容易犯錯，會給予對手可趁之機，如果是領先四分以上，問題不算大，若計分板上僅僅領先三分的話，就帶有危險性了，只要被打者敲一發滿貫全壘打，戰局立刻逆轉，導致比賽結束。

沒錯，僅是一個打席、一顆沒投好的球，先發與中繼投手前面八局的付出，野手們長達兩、三個小時的努力，在球飛出全壘打牆的瞬間，統統都會被無情地葬送掉。

於是，最後一局，只領先三分的關鍵時機，教練就會派上「喪鐘」去守住勝果。

喪鐘原本是球迷取的外號，形容他站上投手丘，就等於替敵隊敲響喪鐘，沒想到叫著叫著，連隊友跟教練都跟著叫，被指派爲終結者已經十年，喪鐘已經等同於是他的名字。

要在第九局登板，得要有一套在短時間爆發同時毫無保留的投球方式，以及一顆大心臟，不畏對方打者、不畏己方球迷的期待、不畏教練給予的壓力，沉穩、無懼、自信是終結者的基本要求。

喪鐘生涯出賽超過四百場，擁有兩百四十九次救援成功，是整個台灣職棒聯盟的歷史第四人，目前三十五歲，已經算是一名經驗豐富的老將，簡單來說什麼大風大浪沒有見過。

到了球季末段，也是該要談一份新的合約了，對於可能是職涯的最後一份合約，目前的成績非常重要，更何況，只要再拿到四次救援成功，就能觸發目前合約中的獎勵條款，無論是紀錄還是獎金，喪鐘心知這場比賽的重要性，投球的右臂蓄勢待發。

內野、外野都坐滿粉絲，手上舉著各款專屬喪鐘的加油牌，全是爲了見證喪鐘第兩百五十次救援成功，晉升歷史第三人誕生的寶貴畫面。

賽前球團特地爲喪鐘舉辦一場粉絲見面會，熱情的鼓舞，多年的支持，他藉此得到滿滿的能量。

親朋好友與老婆女兒全在ＶＩＰ室，迎接里程碑的到來……隊友也挺捧場，恰好領先三分，總教練二話不說派上喪鐘，讓他在震耳欲聾的歡呼中慢慢踏上投手丘。

比起過去，中繼投手放火，搞成無人出局，一二三壘有人的慘狀，再讓喪鐘出動收拾殘局的難度相比，現在是九局上半，壘上沒半個人，只要穩穩拿下三個出局數，就能提前結束比賽，不用打下半局，直接下班收工，前往餐廳慶功。

面對對方七、八、九的弱棒次，喪鐘輕鬆地哼著自己的專用加油曲，擺出投球預備動作，確認捕手的暗號，外角、低、直球。

他立即投出，一百五十五公里的剛速火球，精準地直衝捕手的手套，完美、無懈可擊的一球……

被打者徹底逮住，命中球心，清脆地一響，在天際劃出一道導彈般的線，飛往全壘打牆之外。

HOME RUN。

少見的意外讓觀眾的歡呼一滯，但很快地用更熱烈的姿態回來，鼓勵著喪鐘。

首球就全壘打，喪鐘調整棒球帽帽簷並不以爲意，重新抹一抹滑石粉，等對方的第八棒上打擊區，他收起輕視之心，認同捕手給的指示，一樣用最擅長的直球對決。

凝視，跨步，振臂，投出。

砰！

沒想到，時速一百五十六公里的沉重球威再度被打者咬中，又是一發陽春全壘打。

落後的隊伍將比數追到只輸一分，主播亢奮高喊著「Back to Back」，原本已經放棄加油的客隊球迷再度鼓譟起來。

捕手立刻上前去找喪鐘談話，投兩球就被轟兩發的情況太過罕見，認爲對方可能偷到了己方的配球暗號。倒是喪鐘覺得不太可能，畢竟暗號昨天剛換，哪可能這麼快被破解，但他不會在投手丘上跟捕手爭執，依然聽從建議換了一套暗號。

深吸一口氣，縱使再掉一分就算是救援失敗，喪鐘的心也沒多大的動搖，破解掉配球暗號的機率是微乎其微，連續被轟全壘打單純是運氣不好而已，畢竟對方一定會對自己招牌式的快速直球下功夫，一次投外角被抓到、一次投內角被抓到，眞的不過是倒楣。

從打者臉上就能判斷出來，那種「撿到錢」的喜悅是顯而易見的，他沉著氣，擺出投球預備姿勢，看見捕手比出的手勢暗號，希望來一個壞的內角滑球。

喪鐘搖頭拒絕，投壞球逃避，會剛好掉入陷阱，任何打者都認爲投手在接連被轟的情況一定會用壞球暫避鋒芒，他偏偏要反向操作，要再塞一顆又快又猛的直球進好球帶，將主導權給奪回來。

他跨步、弓臂、扭腰、投出。

時速逼到一百五十八公里，極限。

精準控球，在外角偏高的位置，能恰好削過主審的好球帶。

球將進壘。

砰！

球棒正好敲中中心。

爆起一團煙塵，球逆向朝高空噴射。

第三支全壘打出爐，Back to Back to Back！

客隊球迷發瘋似地狂吼叫好，加油棒敲到快要斷裂，完全沒有要停下來的意思。

擊出第三發全壘打的第九棒打者，享受著英雄般的歡送，慢吞吞地跑回本壘，跑進象徵追平的第三分，也代表喪鐘的工作未達成，計上救援失敗一次。

再面對下一名打者，喪鐘的心思變得混亂，控球立刻變得很不穩定，投出了一個糟糕的保送。

他憤怒地將手套砸在投手丘。

總教練緩緩地從休息室走出來，代表要更換後援投手了。

喪鐘瞥了一眼剛剛成爲英雄的打者，心中默算這七、八、九棒，這一整年打下來也不會超過二十轟，沒想到光這一場，自己就貢獻了這麼多。

「眞是不可思議……」

「眞是不可思議！」

同一時間，站在觀眾席的白熊也發出和喪鐘一樣的感歎。

他手上握著一張運動彩券，平凡無奇，薄薄的一張紙，卻像是有萬鈞之重，整條手臂都在發抖。

上面清楚地印著，兩萬元新台幣，全部都買「鐘培伍」會成爲這場比賽的敗戰投手，賠率是十一倍。

鐘培伍正是喪鐘。

等値二十二萬台幣的重量，果然重得讓白熊臉部肌肉抽搐。

要買到這個選項，首先得先猜到台北象隊會輸，再猜到台北象隊會一路領先，再猜到領先的分數只有三分，再猜到防禦率只有二點多出頭的喪鐘會救援失敗，導致球隊最終輸球。

以上的先決條件，一項都不能錯，只要錯了其中一個，就沒有辦法兌獎，所以才有高達十一倍的賠率。

白熊還有一些恍惚，不太確定自己是不是身處在某個荒誕的夢境……

今早小菜忽然想去看棒球比賽，護理站得知消息還相當高興，認爲這是記憶恢復的前兆，痛快地批准一日的出院假。

推著小菜搭乘捷運，一起往球場邁進，途中路經捷運站內的超商，白熊收到一個很突兀的要求。

「進去找ＡＴＭ，領兩萬塊出來。」小菜指向前方，「順便買一條蛋糕當午餐。」

「爲什麼？」

「我餓了。」

「我問的是錢！」

「喔……你不要問。」

「這可是我的生活費。」

「就當是賠給我的醫藥費吧。」小菜的語調毫無波動，像在跟旁人要一張衛生紙。

「……好。」白熊一咬牙，沒有迴避自己的過錯，「等我。」

兩萬塊，不過是一公分的厚度，白熊將其放在口袋，覺得格外地沉重，小菜面無表情地坐在輪椅上頭，雙手捧著一條瑞士卷，到達球場大門入口時，已經啃掉了四分之三條。

縱使離開賽尚有好幾個小時，但球場周圍已經有不少球迷聚集。

買好票，白熊推著小菜在附近走走晃晃，與尋常觀光客沒有差別，慢慢地瀏覽球場設置的裝置藝術與獨特的設備，特別在介紹球員與宣傳現場活動的大螢幕前待了特別久的時間，白熊至此肯定，小菜不是球迷，壓根不懂棒球⋯⋯

「果然，這些球員財格都好深厚，有的甚至跟著兩、三位財神⋯⋯唉，討厭。」她扶著額，頭歪向一邊。

經過這段時間相處，白熊早就知道腦袋受傷的病患，常常會說出沒人聽得懂的妄語，便習慣性地說：「是喔。」

「咦，有個沒跟財神結緣耶，太好了，喪鐘不錯，就是他吧。」

「妳是說台北象隊的鐘培伍吧？」

「鐘培伍，嗯，就是他。」

「妳是他的粉絲嗎？」

「不⋯⋯喔喔，算是。」

「他等等會參加球迷見面會，我們去要個簽名？」

「可以嗎？太棒了，一定要見上一面，順便結個緣。」

見到小菜無血色的面容難得展露靦腆的微笑，白熊也跟著開心起來，準備推著輪椅去憑門票抽號碼牌，爽朗地大喊道：「出發，GO！GO！」

「爲了維持體力，這給你吃。」小菜交出半殘的瑞士卷。

笑意凍結，白熊面有難色地接過，猶豫片刻還是放進嘴巴吃掉，畢竟剛剛已經正式破產，任何食物都不能浪費。

熱鬧的球迷見面會相當順遂地結束，小菜還得到主辦方體諒，得以第一位見到偶像，拿到親筆簽名與合照，相當貼心和善，連白熊都不知不覺成爲台北象隊的粉絲，打算待會比賽開始，要替這支善待球迷的球隊加油。

意猶未盡地離開見面會現場，白熊還處在見到名人的驚奇中，小菜已經給出新的指令，再度抬起手指向馬路對面的某家商店。

「去運動彩券行吧。」

「去做什麼？」

「當然是賭博……」小菜說得特別輕聲，東張西望像是怕被誰發現。

「……賭博？想賭什麼？」

「買台北象隊輸。」

「……」

「不對，更準確地說，買剛剛那個選手，導致台北象隊輸球。」

「妳……人家剛剛才剛替妳簽完名欸。」

「沒辦法啊，誰教整隊僅有他沒被財神看上。」小栞鼓起雙頰，悶悶地嘟囔道：

「反正，買就對了。」

「打算買多少？」白熊試探地問。

「全部，把所有的錢全部都押下去。」

「……」

「相信我就對了。」

「妳確定嗎？這可是兩萬元……」

「確定，窮神也就只有在這種時候，有一點用處吧。」

小栞沒再多解釋，慵懶地斜坐輪椅，面迎這座球場獨特的強風，黑色的長髮飄散揚起，身上寬鬆的白色T恤鼓動，震盪著胸前鐘培伍剛簽寫的兩個豪爽霸道大字……

喪鐘
宛若虛無縹緲的厄運，從此凝結出原形，有了眞身，無法無天，張牙舞爪著。

□

買回了原先賣掉的攝影設備，錢還有剩。

白熊與小菜待在病房區附設的交誼廳，一箱一箱包裝厚沉的器材堆滿方桌，引起路過的病人、醫護人員側目，好奇地打量他們究竟在做什麼。

事實上，他們什麼都沒做。

無人觀看的電視播放著重播無數遍的重點新聞，主播優美的嗓音稍稍沖淡他們之間沉默許久的尷尬，縱使他們一點都不想知道哪個地方出現變態偷拍、某個政客又說出歧視女性的言論以及今日台灣職棒的戰績比分，但他們感謝現在能聽到一些聲響。

說不擔心是騙人的，小菜覺得自己有點過頭，這麼大剌剌地干涉塵世，先不管引來城隍的可能性，光是讓白熊懷疑自身的身分，就足以牽動不小的麻煩。

眞的很懷疑，白熊完全不能理解現在是什麼狀況，自己與小菜是加害者與被害者的關係，被害者不是充滿怨念地大吼大罵，就是自怨自艾地怪罪命運不公平，爲什麼會遭遇到這種不幸，再不然，也絕對不會想再見到加害者，避免回憶起受到傷害的過往，爲什麼小栞可以做到這種程度？

他的粗眉幾乎擠成一座黑色小山，困惑地問：「妳……爲什麼要這樣對我？」

「我怎麼了？」

「我騎車將妳撞成這樣，妳不恨我就算了，爲什麼要給我這些？」

「這是用你的錢贏來的，便是你的東西。」

「我不能收……抱歉，我明天還是拿去退掉吧。」

「算了，那這一堆是我的。」

「好，我等等替妳搬到病房去放。」

「在這之前，去替我拍點相片。」

「妳想拍什麼？」

「你想拍什麼，我就想拍什麼。」

白熊苦著一張方臉，無奈地嘆道：「妳不要這樣對我，我、我眞的會很內疚，吃不飽、睡不好。」

小茱憐憫地看著歷經無數挫折的男人，柔聲道：「沒什麼好內疚的，該你的就是你的，安心收下吧。」

「像我這樣的罪人不該內疚嗎……我想知道一個理由。」

「理由嗎？」

「對。」

「我這輩子呀，如此漫長的光陰，見過好多好多失去所有的人。」小茱就給他一個理由。

「好多好多……」白熊清楚自己是其中之一。

「他們是不努力嗎？是智商不足、身有殘缺嗎？是作奸犯科、人神共憤嗎？大多都不是，他們會落得這種下場，很多時候僅僅是走錯一步，做了一個錯誤的選擇，或是，遇見了不對的人而已。」小茱扳著手指，條列著過去的回憶。

「……」

「那這些人，就應該這樣失魂落魄地耗掉一生嗎？難道他們就得保持著『能活下來就好』這種與畜牲無異的念想，卑微地活下去嗎？不對吧。」

「……」白熊睜大了眼。

「人生如同一個空空的行李箱，不放進去愛、財富、上進、希望……是註定走不遠的。」小菜抬高手，拍拍他的頭。

「……」白熊感受著這隻溫柔的手，厚實的身軀不禁發抖，回首過去，似乎沒有人對自己說過這樣的話。

「你的行李箱實在太空了，我忍不住，想放些東西進去。」

「……」

「你不用哭、不用感到不好意思，我已經試著在很多人的行李箱裡放進去什麼，或者拿出來什麼……你不是第一個，也不會是最後一個，放心地收下吧。」小菜淺淺地笑了笑。

「爲什麼……」白熊完全搞不懂，搞不懂小菜說的，到底是腦部受傷之後的胡說八道，還是一時心血來潮瞎編出的心靈雞湯。

他搞不懂，他只是無聲地啜泣，哭得跟孩子一樣。

小菜倒是有些手足無措，沒想到白熊會有這麼大的反應，雙手的指頭纏在一塊，彷彿面對著即將碎裂的瓷器，不知道該如何阻止不可逆的崩潰。

最後，是李明來了。

僅僅是個水到渠成的巧合。

她手上提著一箱廠商送的韓國白草莓禮盒，原本是要送來給小茱補充維他命C，沒想到在病房找不到人，一路尋到交誼廳，竟然瞧見白熊在哭泣，大概就猜到發生了什麼事，或者是怎麼樣的原因，同一時間，總覺得自己的內心深處也有一個部分破了，想說的話終於無法再忍。

白熊很快發現，扭過頭去快速擦掉眼淚，輕咳幾聲，維繫男子尊嚴。

「你幹嘛哭？」李明直接問。

「胡說八道我哪有哭。」白熊收拾桌面的箱子，裝作沒事。

「我這輩子就沒見你哭過。」

「我沒哭。」

「是因爲那個女人吧？」

「不是。」

「難道那個女人，對、對你有這麼大的影響力嗎？」

「不要再提她，反正都過去了。」

「我也以爲金萱的事已經過去，但是顯然沒有，她還是跟怨靈一樣纏在你心裡。」

「這裡是醫院，小聲一點。」

「從事情發生到現在，我打了無數通電話與訊息給你，你就沒有回過我哪怕是一個逗點，如果不是因爲你意氣用事撞傷了小菜已經走投無路，絕對不會聯絡我吧。」李明越說越激動，頭頂的鴨舌帽稍稍鬆脫，墨黑的長髮從一側滑落。

「這麼可恥的消息，我怎麼可能告知妳。」白熊不太敢直視瀕臨抓狂線只餘一點距離的摯友。

「你眞的很混蛋！」李明直接把整盒水果砸在他身上，「直接開口請我幫忙是會死嗎？」

「抱歉，打擾……」小菜硬著頭皮插話，「其實他是眞的有事請妳幫忙。」

「什麼事？」兩人異口同聲。

「呃……他想拍照，拍妳。」

白熊歪著頭，明顯表示沒聽過這檔事。

李明先是一愣，再甩過頭去，不屑道：「以前拜託他不知道幾次，現在喔，我不爽了啦。」

白熊無辜地凝望著小菜，彷彿在控訴著莫大的委屈。

「今天沒空，我要去談工作，後天有些時間，到時候我再考慮看看。」扔下這段話，李明瀟灑地轉身就走。

「唉，我就說吧，她就是個笨蛋。」白熊趴在疊起的盒子，無力。

可是小菜察覺到一絲不對勁，低聲地說：「我想去廁所，要快。」

□

小菜在封閉的廁所中消失，跨回去神的世界，看看李明到底想做什麼。

果然，神明的直覺向來很準。

在市中心的某間高雅的鋼琴酒吧內，李明一如往常地穿著一身輕便的運動服，壓低鴨舌帽走進貴賓包廂，很快地見到了金萱。

金萱雖然刻意戴著太陽眼鏡，一副怕被認出來的樣子，可是她的長裙側面開衩接近腰際，相當魔幻的紫色髮絲依舊搶眼，更別說那道深邃的乳溝了，從另一個角度來說，這是一套只要擺出姿勢，就能被拍成寫眞集的服裝，配得上她目前二、三十萬，仍在持續上升的粉絲量。

論五官，李明還是勝出，但她站在金萱身旁，卻沒有人會注意到。

包廂內，裝潢得很有味道，華麗卻內斂，金萱就坐在長條沙發中央，雙腳交疊，飲著琴酒，等到李明坐在圓桌的另一邊，她徐徐地放下酒杯，抿抿唇，率先開口。

「是妳。」

「是我私訊妳的沒錯。」

「是妳勾引我丈夫。」

「……」李明脫下鴨舌帽的動作執行到一半，停止，感到意外，旋即憨憨地笑了。

「狐狸精都是這種笑法。」金萱不屑地嗤聲。

「我約妳出來又不是要吵架的。」

「帳不先算清楚，要怎麼談生意？」

「我跟白熊是老同學，勉強能算是青梅竹馬，卻沒有半點見不得人的私情。」

「妳如果不是對我的丈夫有意思，又怎麼會找我。」

「的確，我暗戀他很多年。」

「真不要臉……」

「沒辦法啊，整個宇宙就沒有一股力量能阻止我喜歡他，所以，我也承受巨大力量帶來的痛苦反作用力。」李明沒有半分隱瞞，像在說著事不關己的小事。

「這就是不要臉。」金萱雙手抱胸。

「妳跟他，也不能算是夫妻了吧。」

「那是我跟白熊之間的事，與妳沒丁點關係，何況在法律上我們是貨眞價實的夫婦。」

「誰教那頭笨熊不處理、不面對、不鬧大，否則上了法院，所有問題都能擺平了。」李明無奈自嘲道：「害我得站出來。」

「妳就是這點讓我厭惡，講得白熊好像眞的是妳的誰一樣。」金萱飲一大口酒，壓抑煩躁的怒意。

「抱歉……那不如就進入正題。」李明收斂表情，轉換成幹練的工作模式，「如私訊所提，我們公司正在找適合的模特兒來拍攝商品照，我覺得妳的型，很適合我們新推的系列。」

「我適合的不只這樣而已……吧？」金萱諷刺地笑笑。

「同時，當然也要請妳高抬貴手，正式發文澄清，床照流出的原因是駭客，不是無辜的白熊。」

「這年頭，什麼鳥事都推給駭客呢。」

「沒辦法，我們彼此都需要一個台階下不是嗎？只能對不起駭客先生了。」

「多少錢？」金萱也不廢話了。

李明拿出手機，飛快地在螢幕上書寫一段數字，然後，再寫上一段數字。

「加在一起？」金萱問。

「對，一筆是車馬費、一筆是勞煩妳發文的費用。」

「就這個價格？妳當我還是年前幾萬人追蹤的小模嗎？」

「我們聘請粉絲追蹤數五、六十萬的，也是這個數字。」

「那妳去請她們啊，沒關係。」金萱聳聳肩，不在乎地笑了。

「……」李明直直地注視她。

「在商言商，不是嗎？這個價格太委屈我了，不接受行吧？」

「不要忘記，妳這些粉絲數量，是將白熊的人生當作柴，活生生燒出來的。」

「那是我們夫妻的事。」

「……」李明低下頭，雙拳緊緊握住，強忍快炸開的怒火。

金萱見到對方的反應，心中堆積許久的怨念稍稍減輕了，本來這次見面就沒有任何合作的可能性，會來赴約單純是想會會這位在白熊口中出現上萬次的李明，果然，無論是什麼時刻都是很美的女人，但她惡劣的興趣在作祟，見到越美的人就要越刁、越想激怒對方。

李明倒是慢慢鬆開拳頭，淡淡地說：「我曾經偷偷見過妳，然後回家大哭一場。」

「然後呢？」

「當時的妳，眞的很漂亮、很有自信，舉手投足都散發一股獨特的魅力，我就想『難怪他會喜歡上她』，甚至有一段時間，我差點就去把頭髮染成紫色。」

「爲什麼沒染？」

「我再怎麼模仿，終究不會變成妳。」李明抬起頭，眼波流動。

金萱在這個刹那，被勾出了大學時期的美好回憶，可是回憶歸回憶，任誰都明白時光不會倒退，她不願意再多說多談，拎起放在桌面的古馳包，站起來準備離開包廂。

「妳要多少？」李明釋然地問。

「三倍。」

「這幾天叫你們經紀公司的人，找我們簽約。」

「……喔？」

「就這樣吧。」李明還不想走，剛好這是酒吧，可以點酒。

「哼。」金萱打開包廂門，踩著細跟高跟鞋，噠噠噠地走了。

現場的氣氛一鬆，是用遠超市價數倍的金額換來的結果。

李明有氣無力地趴在桌上，像是對著白熊又像是對著自己說……

「以前你幫過我、拯救過我，現在輪到我了……絕對不能讓任何人再傷害你。」

她一動也不動，過了數分鐘才抹掉藏在眼眶的淚珠，再強調道：「絕不。」

整個過程全部看在眼裡的小菜，能感受到李明傳來的委屈與倔強，濃得快蓄成灰色的煙，看起來像極窮神自帶的灰色光芒，很悲傷。

同一個包廂，神與人，截然不同的世界。

「她眞的很笨……」小菜很難得，胸膛悶悶的，塞滿著感動，一直以來，用掉很長很長的時光，都在問一個問題，實踐一個答案。

相較於財神，窮神存在的意義是什麼？

她一直在假設，然後實踐，再假設，再實踐……一晃眼，就是數年過去，到今日，一場倒楣的車禍，終於有親身驗證的機會，能證明自己的假設沒錯，窮神並不是只能帶來不幸。

每一次的失去，皆是爲了下一次的收穫。

是的，沒錯。

小菜抹掉掛在眼尾的清澈淚水，毫無雜質，沒任何灰的淚。

身爲窮神，她的新工作來了，趕緊轉動輪椅追出去。

要和金萱結緣，小菜衝動地前進。

出了酒吧，金萱已經上車，但這不是問題，只是她出現了嚴重的誤判……

「喂，這位窮神妹子，妳想對我的人做什麼啊？」

小菜猛然回頭，一團金光燦爛，宛若一顆迷你的太陽浮在面前，狂妄、霸道、不保留，刺眼的光芒四射，赤裸裸的示威與警告。

瞇起雙眼，她勉強能瞧見太陽中站著一人……

不，是神。

財神。

第1.5章
李姓攤商

林音張開眼，失去穩定的驚慌目光在四周游動。

在家。

坐在那張會吱嘎叫的老舊彈簧床，附近全是尚未售出的女性私密衣物，五顏六色像是一個充滿迷幻色彩的詭異空間，鼻腔中滿滿的老舊霉味，揮之不去的窮酸，眼、耳、鼻的感官皆一一表示這裡是家，那間令人厭惡的雅房，但驚慌沒有減少，心跳得好快，整面背沁出冷汗。

她的手死死地護在胸前，縱使這裡根本沒有人。

記憶的最後……是雞哥得意洋洋的笑意，以及，汝貞的冰冷神情，冷得一回想起來，雙臂爬滿雞皮疙瘩。

應汝貞的邀約，去她的家訪問雙親，但是雙親沒有出現，出現的是雞哥和那杯遭下藥的茶……林音很懊惱，明明早知道雞哥想得到自己，也知道販售非法藥物是雞哥的主業，卻還是粗心大意……

林音完全沒有檢查自己的衣物與身軀，像是刻意忘記這點，顫抖的雙臂遲遲無法放下，彷彿設立了一道最終也是最弱的防線。

不知道過了多久，惠姨滿身大汗地拎著紙袋回來，見到女兒清醒，不禁放下心中的大石，「妳到底是怎麼回事？嚇死我了。」

「我？」林音回過神來。

「妳跑去哪裡了？」

「我？不，沒有，我哪都沒去。」

「還說沒有？」在這種狀況下，惠姨不得不端出母親的架子，「妳失蹤整天，忽然躺在門前，衣服亂糟糟的，全身髒兮兮的，像個女孩子家嗎？」

「忽然……躺在門前？」林音的雙臂抱得更緊。

「是不是去喝酒了？」

「……」

「虧妳還知道要回家，萬一倒在路邊被人撿走該怎麼辦？雖然妳已經滿十八歲，但也不能騙我說去同學家做報告，結果跑去喝得不醒人事啊。」

「我沒去……」

「沒去？」

「我哪裡都沒去！」林音霍然站起，像受傷的刺蝟，渾身都是尖刺。

「……那是發生什麼事？」惠姨察覺到不對之處。

因爲從小在市集、夜市長大，見過太多倒臥在路邊的醉漢，先入爲主就認定女兒是醉了太久，連酒氣都散去……從沒想過還有第二種更不堪、更驚悚的可能。

一想到這，她手中的紙袋墜落，裡頭的蔬果與藥罐散了一地，原本這些都是要替女兒解酒的。

「妳、妳被人迷暈了？」

「沒有……」

「趕緊，讓我看看！」

「不要碰我！」

「現在不是鬧脾氣的時候，馬上跟我去醫院。」

「我沒事。」

「都被人迷暈再丟包……還說沒事？」

「關妳屁事！」林音面紅耳赤地怒吼。

惠姨不知不覺後退了一步，擔憂之情未減半分，更多的是怪罪自己爲什麼這麼遲鈍，林音從小到大潔身自愛，就不是新聞上講的那些在不良場所狂飲放蕩、招蜂引蝶的女人。

「我告訴妳，我什麼事都沒有，不要多管。」

「我是妳媽，當然要管！」

「妳不是！」林音終於被觸到最深的痛點。

「……」母女生活這麼多年，惠姨沒想到會聽見這句。

「妳不要老是裝出母親的模樣，妳不是！永遠不是！」

「我們不是說好要相依爲……」

「我有母親，而且她爲了不拖累我犧牲自己。」

「……」

「她交代我，要好好地活。」

「我們現在不也過得挺好？」

「一點都不好！」林音幾乎是在尖叫。

惠姨知道目前的生活環境，跟過去丈夫還在時差很多，但自己努力工作，至少讓女兒過著衣食無缺的生活……

可惜別墅與雅房之間的落差太過巨大，是努力無法彌補的距離。

「要不是我到國外避難、要不是我延誤兩年的課業，要不是……要不是……我就不會……」林音越說，語調越沉越低，低到如置地獄淵藪，滿腔的恨意沸騰。

「妳不要這麼生氣，我、我不多問了。」惠姨溫柔地說：「過陣子，等那些黑幫徹底忘記我們，我會出去找更多工作，一定讓妳過上充裕的大學生活，妳不用想太多，只要認眞讀書。」

明確的保證和承諾換不到任何的回應，明明是小小的雅房，中間卻劈出一道深不見底的鴻溝，扔進一顆石子，連丁點的回音都聽不見，靜得可怕。

「夠了。」林音慢慢地平靜下來，將怨內斂。

她是個冷靜的人，明白憤怒其實沒任何幫助，除非去死，否則日子還是得繼續過下去，只是……不能再坐視不管了，一定要想出什麼辦法，扭轉持續脫軌的人生。

看似恢復正常，林音的每個動作依舊僵硬，仍無法擺脫藥效和不堪回憶的殘留。

她緩緩地從窄小的衣櫃拿出衣物，打算去洗個澡，渴求片刻的清靜，就在這個過程當中……

突然間，她想起一位常常跟在德叔屁股後面的跟屁蟲。

謝律師。

聽說現在過得很好的謝律師。

□

狹小的浴室，由這層樓五位房客共用。

林音完全不管門外的催促聲，徹徹底底洗刷每一吋肌膚，反覆地刮著，直到泛紅近乎受傷爲止，再用高溫的熱水沖洗，彷彿用這樣的方式就能除去遭到雞哥迷暈的羞恥記憶。

外頭的房客皆忍無可忍，被逼得去其他樓層借廁所來用，門外一靜，她恰好關掉蓮蓬頭的水，擦拭隱隱作痛的身軀，換上一套乾淨純白的衣物。

原本是想離開浴室，但這難得寂靜的空間，飄著如夢似幻的白霧，反而讓她捨不得踏出去，回到光怪陸離的現實世界。

坐在馬桶上，林音用手機撥出一個塵封許久的號碼，不久，電話接通。

怕被當成是陌生來電，她率先說：「我是林音……」

電話另一頭靜悄悄的，像是在回憶，更像是在思考，到底是眞是假。

「當初是我跟你要黑資料的密……」

謝律師不想提到過去，直接打斷道：「別來無恙，德叔的女兒……我們好幾年沒見了吧。」

「對。」

「惠姨還好嗎？」

「很好。」

「嗯，那就好。」

「我有事想請你幫忙……」林音不再寒暄。

「請容我拒絕。」謝律師用禮貌的辭彙與不客氣的態度否定所有可能。

「我聽媽媽提過，她說，你運用當初跟在爸爸身邊學到的經驗，再利用那段時間接觸到的人脈，短短幾年就取代掉爸爸的位子，成為新一代的仲介人。」

「惠姨果然有在關心我，替我轉告，說一聲謝謝。」

「我知道你現在地位高了，不再是個小跟班，但我不過是想拜託一個小忙。」

「如果幾年前不是我動用各種人脈，妳和惠姨在全台灣九幫十四堂的追捕之下，能順順利利搭飛機去國外避風頭嗎？這是救命之恩，我已經幫過了。」謝律師的語調就像在參與免費的法律諮詢，親切卻隔閡，沒什麼耐心。

「爸爸交代……要我去找聚合幫的魏伯伯。」林音傳達出恐嚇的意味。

「魏昆去年癌末死了，聚合幫幾個分支為了搶當頭，火拚好幾個月，妳都沒在看新聞……」謝律師沒有半分嘲笑的意思，平鋪直敘地說：「就算他還活著，我也不再受他威脅。」

「……」

「其實……妳就比我女兒大幾歲而已，實在不願見妳有個三長兩短，總之，認眞讀書，低調過活，未來等到德叔死了，黑資料暴露之後最大的苦主……虎堂大概也會看開吧，到時妳找個好工作，嫁個好丈夫，平平安安地生活。」

「別忘記，當時黑資料外洩，是你提供密碼的。」

「當時德叔被法院抄家，江湖上一片風聲鶴唳，根本沒人會注意到一個小律師，而我卻沒有趁機退出，去找同學介紹加入個律師事務所，情願繼續待在這個混濁的黑社會當中，妳知道為什麼嗎？」

「我怎麼知道……」

「不願，再受威脅。」

「……」

「但妳不一樣，妳無論怎麼威脅我都沒關係的。」謝律師像是意外勾起了什麼回憶，頓了頓，繼續說：「正是因爲當初那個小小的妳，便敢威脅我這個大人，才讓我深刻領悟到，沒有力量的人，跟爬在泥地的螻蟻本質上沒有區別，從此之後奮發向上，才有今天的謝律師。」

「你……」

「年紀輕輕的妳就敢肆意妄爲，僅是因爲妳背後有人，無論做什麼事都能得到善後，可是當德叔不在了，妳就變回小女孩，再也不是怪物。」

謝律師這段話，半點輕蔑、諷刺的意思都沒有，只是很客觀地描述一件事實，無任何的加油添醋，然而，這才是對林音最徹底的羞辱。

握住手機的手在發抖，她咬著下唇快滲出了血。

「只要我一通電話，妳家外面立刻會出現一堆殺手，來的速度比餐點外送還快，妳在出聲指控我之前，脖子就會被割開，妳信不信？」

「……」

「我到現在，沒有拿妳家的地址去交易，就已經是報恩了，我必須再強調一次，是救命之恩。」

「……要怎樣，你才能幫我？」林音嘶啞地問。

「妳有什麼？」謝律師敬業地問。

「我什麼都沒有。」

「那妳就什麼都不是。」

「可以……先欠著。」

對於這種童言童語，謝律師就當作沒聽見，閒話家常似地問：「我有一點想問……就算德叔祕密留給妳們母女的錢都花完了，惠姨這一身的保險，定能保證安享晚年，無論生病、意外都有保險公司照顧，妳到底遇到什麼困難需要找我？」

「保險？」林音忽然聽不太懂了。

「在法院抄掉德叔家產前，德叔早就預留一手，替惠姨買了好幾張非儲蓄型的高額保單，執法單位基於人道立場是不能沒收保險的……所以，惠姨只要有一丁點病痛，都可以拿到不少補償。」

「居然……」

「無論如何，保險公司會照顧妳們的，別擔心……再來，算了，那就先這樣吧，如果不是尋求交易，請不要再打電話給我了。」

「……」

直到謝律師把電話掛斷，林音依舊是維持著相同的姿勢，手機仍靠在耳朵上，聽著嘟嘟嘟的聲響。

這一片陰暗的混沌之中，她似乎找到了一絲絲的光芒，即便這道光，是血紅色的。

廁所門外，小菜緩緩地搖著頭，工作上遭遇的困難，眞的是一件又一件，身爲窮神，好苦。

□

夜市，沒什麼變化。

就算是附近三、四個村鎮中最熱鬧的地點，也遠沒有設立在都市的一般夜市人多。

差得太遠，根本沒辦法相提並論。

掛在天空的月如一把銀色的刀，懸在每個人的頭頂，像在暗示有什麼不尋常的事會發生。

今夜特別地熱，除了賣冷飲與冰品的攤位外，大夥的生意皆不佳，不只是遊客，就連顧攤的老闆們也意興闌珊，有時看見客人靠近，也沒有精力去大聲招呼。

林音提著一罐寶特瓶，瓶身的商標已經被去除，現在是單純的透明，可以看見裡頭的橘紅色液體，裝了七分滿，隨著輕浮的步伐輕微晃動。

她一週沒去上課了，表面上說是生病，但實際上……惠姨清楚知道，女兒正在逃避，至於是在逃避什麼，是不能明說的恐懼，眞正的情況沒有辦法得知。

因此，惠姨這幾天都輾轉難眠，煎熬地內疚著，認爲其他的媽媽一定能處理女兒的煩惱，不像自己，根本沒盡到身爲母親的責任。

惠姨坐在一片內衣褲之中，愁眉苦臉，生意更加糟糕。

林音不太愛來夜市，所以沒有人認得出她，一路走來，黑色的蓋頭外套、黑色的長裙，令她與周遭明顯格格不入。

她來到惠姨面前止步，將寶特瓶遞了過去。

「妳怎麼會來？」

「想透透氣，順便幫忙收攤。」

「喔，原來這麼晚啦。」惠姨看一眼錶，一邊喊著糟糕今晚沒賺到錢，一邊又覺得女兒願意主動幫忙，說不定能好好地談談心，盡一些母親的責任。

「收一收吧。」林音動手收拾。

畢竟從小耳濡目染，有她的幫忙，收攤速度快很多，當隔壁攤還在數錢，她們已經整理好三大袋，林音自動揹起一袋、提起一袋，剩餘的一袋就由惠姨掛在左肩。

家離夜市並不遠，穿過兩塊街區，再穿過一座公園就能抵達，一點多公里的路程，林音用手機的地圖算過。

這對母女披著銀色的月光，用著與黑雲移動一樣慢的速度前行，眼前的路亮了起來，彷彿這段柏油路是用碎掉的星星鋪成。

「學校……還是該去。」惠姨抓緊機會開口。

林音離母親不過三到四步遠，在深夜的街區小巷，明明靜得能聽見遠處的狗吠，卻能直接當作沒聽見這段話。

惠姨知道女兒不想談這個話題，可是萬般皆下品，唯有讀書高，有些價值觀，是流淌在血液中，不能不談，不能不面對，她希望女兒的問題趕緊解決，才能快快回到學校讀書。

「比起他這麼疼妳……我是永遠比不上了。」惠姨口中的他是自己丈夫，難免黯然道：「但是，我也有能做到的事，妳如果心裡有什麼疙瘩，可以跟我談談，反正也不吃虧吧。」

「……」林音依舊低頭往前走。

「我清楚自己不是妳的親生母親，妳也恨不得離我遠遠的……這都沒關係，妳會這樣想很正常，只是妳找到更好的路之前，在這個人吃人的社會，我們孤孤單單的，不如暫時相依為命，妳覺得怎麼樣？」

「……我可以自己走自己的路？」

「當然可以，以後妳能夠當個律師、醫師，嫁入好人家、嫁個好丈夫，妳就對所有人說自己是孤兒啊，我們就算在路上遇到，就當作不認識沒關係。」

「妳為什麼要做到這樣？」

「因為……」惠姨說到一半，想起了德叔的樣子，苦笑道：「哪需要什麼原因。」

林音停下腳步，突然提醒道：「休息一會，妳先喝點東西。」

「原來這罐是給我的。」

「房東太太的試作品，叫什麼五蔬果菜汁，趁冷喝，聽說對身體健康。」

「沒加花生吧？」

「有誰會在果菜汁中加花生啊。」林音沒好氣地接過寶特瓶，準備替惠姨扭開瓶蓋，「難道我會不知道妳對花生過敏，碰到會死嗎？」

「我是怕房東太太不知道，畢竟這種問題我也不會到處講……還有，不至於會死，沒那麼嚴重。」

林音當然知道沒那麼嚴重，只是過敏一發作，氣管會腫起堵塞，變得難以呼吸，在這條無人小巷拖個半小時，再用塑膠袋套頭加工一番，任何人都會覺得是死者意外飲用添有花生粉的果菜汁，遺憾求救無人，不幸窒息身亡。

她的心臟跳得很快，同時不斷告訴自己，這個與當年對付親生父親的手段差不多，沒有難度，什麼都準備好了，不會有任何問題。

神情肅然，林音一鼓作氣扭開瓶蓋……

沒想到寶特瓶從中裂開一個大洞，果菜汁嘩啦嘩啦地濕了滿手，淋得滿地都是，連長裙與運動鞋都不能倖免。

「怎麼壞了？」惠姨趕緊拿出衛生紙替女兒擦拭，「等等回家洗個澡，不然黏踢踢的。」

「為什麼……」林音雙眼睜大，仍維持一樣的動作，想不透，寶特瓶這種東西是會壞掉的嗎？

「還在發什麼呆？趕緊把瓶子丟掉呀。」惠姨催促。

林音回過神來，扔掉寶特瓶，接過衛生紙，擦掉殘留的果菜汁，還好衣服是黑色，外觀上看不出來。

稍做清潔之後，她沒有拖延，在夜色中母女倆繼續往回家的路上走，只是林音思緒變得有些混亂，沒有之前的自信跟餘裕了，空氣中瀰漫著一股詭譎氣味，彷彿有人在暗中窺視，欣賞這場隨時會出事的人倫悲劇……

林音快速地搖頭，知道是自己想太多，讓雜思全數拋諸腦後，這個小小的挫折並沒有讓她改變主意，該下手的還是要下手。

已經構思得太久了……這個晚上是最好的機會，如果放棄，所有的痛苦都不會改變，偏離軌道的人生，再也不能導回正途。

好好地活，這個目標看似簡單，卻是需要爭取的。

非常快，一個備用計畫就在腦袋成形。

同時，她們踏進公園。

公園平時並沒有什麼人，主要的原因是太多的流浪漢將此當作自己的家，時不時就傳出流浪漢騷擾路人的傳聞，附近的住戶自然不會帶孩子過來玩，連學生都被師長再三提醒，沒事不要靠近公園，盡量繞道而行。

鵝黃色的路燈一閃一滅，飛蟲仍圍繞著樂此不疲。惠姨並不害怕流浪漢，覺得他們這些無家可歸的人就像趨光性的飛蟲，只是盲目，一時被誘惑了，遲早會找回自己的家……

於是，在人影綽綽之中，她走得怡然自得，還在想要怎麼勸女兒回去上課。

要走出公園，得下一段很長的坡，坡道旁有一條階梯，大概有一百來多階，林音沒有確切數過，可是她很肯定只要從這裡摔下去必死無疑。

這就是所謂的備用計畫。

本來揹負重物就容易重心不穩踩空，發生意外絕對不是什麼會引來懷疑的事，應該說這本來就常發生意外，只不過公園很少民眾使用，便沒有多少人去投訴罷了。

況且，這裡還有一個很特別的優秀條件，林音偷偷地環視一圈。

附近有許多沒睡覺的流浪漢，隔著一段距離，紛紛注視著難得的訪客，只要惠姨摔了下去，他們全數變爲現成的人證，成爲申請保險的佐證。

人要不小心摔倒真的很簡單，第一個步驟是分心……

林音開始跟惠姨聊天，目前距離階梯不到十步之遙。

「今天，生意好嗎？」

「嗯……不好，但妳別擔心。」惠姨邊走邊說，就怕女兒會想太多，「總覺得這陣子，找我們的人少了，所以我有去問問附近幾個市場的管委會，如果順利租到攤位，就能多跑幾場，賺到更多現金。」

「妳也別太辛苦。」林音隨口回一句，全神貫注地等待一個時機。

這是第二個步驟，一個精準的時機，然後輕輕一推。

當惠姨抬起右腳，準備踏下第一格階梯，這短暫的半秒鐘，身體僅靠一條左腿支撐，只要一根手指頭，用隱蔽的動作輕輕一推，立刻就會讓惠姨偏掉重心，往前踉蹌墜落，一路往下滾……直到另一個世界。

在附近的流浪漢眼中，就像是媽媽跟女兒說話，講到一半不小心踩空而已。

有時候，最簡單的方式，效果往往更好……

等慧姨滾落，林音已經準備好要演出女兒驚慌尖叫的模樣。

一切就緒，天時、地利、人和，完美的時機來臨了，就在這短短的零點五秒。

她的手躲在腰邊，正要隱蔽地快速一推……

「咦？」林音輕呼一聲，下半身忽然一涼。

自己的黑色長裙竟然整件滑落於地，下半身僅剩白色的三角內褲……雙手反射性地去遮前後的私密部位，整個人蹲在原地，腦袋內燒成類似漿糊的溶液，完全不知道該如何是好，腦袋再也不能保持冷靜。

惠姨見到女兒的窘境，趕緊舉起袋子擋在女兒身前，朝望過來的幾名流浪漢怒罵道：「看什麼看？不怕眼珠子掉出來嗎！」

流浪漢們各自訕笑幾聲，有的繼續翻垃圾桶、有的躺回草地，視線不敢再隨便亂瞧意外暴露的春光。

「是怎麼回事？」

「……裙子的扣鉤斷了。」林音只能害臊地提著長裙。

「怎麼會斷……這、這，妳翻翻袋子，裡頭應該有幾個別針，快拿出來用啊。」惠姨催促。

林音依照母親的指示，找到了幾個別針，暫時別在長裙上代替扣鉤的功能，稍微解決了燃眉之急，母女倆急急忙忙地下了階梯，用最快的速度離開公園。

一路上，惠姨只想著趕緊回家，腳步在不知不覺中加快，不管肩膀還扛著一大袋貨物。

林音緊緊地跟在一旁，可是腦袋還沒有從一片混亂中恢復，令她驚魂不定的不是春光乍泄，而是剛買沒多久的長裙怎麼會說壞掉就壞掉，還壞在這麼巧妙的時間點。

寶特瓶壞掉也就算了，但是裙子的扣鉤也壞掉？她的背部整個發麻，面對母親有一句沒一句的安慰，完全沒有聽進去半句，只是在猶豫要不要放棄今夜的大好機會……

不，不能放棄，林音不斷說服自己，這只能說是巧合，就算今天早上，使用三年的手機故障，前天用了半年的鋼筆斷掉，大前天化妝鏡裂開，昨天新買的護手霜摔破……也一定只是巧合，畢竟只有巧合才能解釋這麼多不合理的現象，除了把一切推給巧合之外，沒有第二種繼續堅持計畫的方式。

「沒錯……是巧合……」

「妳一直碎碎唸的，在說啥？」

「沒事。」

面對惠姨的關心，林音不得不當作什麼都沒發生，但內心的矛盾不斷擴大，該是要遵從倍感不安的直覺，還是要堅信這全是巧合，繼續執行計畫，追尋人生最高的目標……好好地活呢？

這是林音的生母在遺棄她之前，最後的交代與叮囑，那一個瞬間，風的流動、樹葉的騷動、碎石子路的雜沓、黯淡的星光……生母的眉眼哀愁、語氣絕望……全部的全部，都烙印在林音的腦中。

不願孩子跟著自己一起沉淪、溺斃，所以將之拋棄。

林音認定這是最偉大的母愛，堅信不疑。

果然，林音的生母旋即投河自盡，避免掉母偕女雙亡的人倫悲劇。

她繼承了生母的遺願，今夜必定要動手……

「快到家啦，別針還撐得住吧？」惠姨放慢腳步，就怕女兒再次出糗。

「可以，沒問題。」林音默默感謝惠姨爲了抄近路，刻意去走防火巷。

連月光都照不進來的防火巷，即便舉頭三尺有神明，恐怕也不會注意到如羊腸般的小徑，林音不再猶豫，明確地下定決心。

手伸進外套口袋，握住隨身攜帶的美工刀，在這種不見天日的暗巷，遇到搶匪強盜殺人也是很正常的吧……林音迅速踏前幾步，離惠姨的背部、離惠姨的頸側動脈已經到了決定生死的距離。

從口袋抽出美工刀。

大拇指推出剛換的鋒利刀片。

依憑訓練上千次的俐落動作，迅雷不及掩耳地揮出……

一劃！

鮮血並未如預期濺射！

反倒是手中的美工刀就這樣子自我解體了，碎成各自的部分散落一地。

彷彿這是一把偷工減料的豆腐渣刀，稍微施加力氣就徹底剝落毀去。

「這……」林音的尾音在發抖，「這怎麼可能？」

「妳說什麼？」惠姨停步回頭，好奇女兒的話語。

「沒、沒事。」林音渾身輕顫，眼皮在抽搐。

「那快走吧。」

「我……不對，這……這不對……」

寶特瓶、長裙、美工刀全在自己想動手前崩毀？林音已經徹底失去思考能力了，

如一具行屍走肉，拖著沉重的步伐跟上惠姨，什麼第一備用計畫、第二備用計畫，全

數化成不切實際的泡沫，此時腦袋裡除了空白之外，再也沒有任何東西，更別說再隨機應變出一個新的計畫。

到此為止了。

母女倆這一路再無任何風波，三分鐘之後就順利打開家門，平安成功地回到家。

小菜就躲在她們公寓的樓梯間，長髮蓋住大半的臉，猶如一名貨眞價實的女鬼，居住在此永生無法離開，滿滿的怨念埋在混濁的瞳孔中，抱怨林音逼自己做到這種程度，蠻不講理地強力干涉塵世，阻斷三次人倫悲劇的產生。

確認林音已經放棄殺害母親的意圖，她才慢慢地吐出一口五味雜陳的濁氣，幽幽地說出一個千年不變的眞理。

「財神給予的，能自甘墮落不要，但窮神想給的，沒有人能拒絕。」

深夜，雞鳥不鳴的三點鐘，雞哥慢慢地從公寓前的電線桿探出頭來……

「原來是她們，原來是這裡！」

欣喜若狂。

□

雞哥這幾天過得很糟，連標誌性的雞冠頭都萎了，死氣沉沉。

原本在汝貞的幫助之下，終於捕獲心儀以久的獵物，透過藥物迷暈林音，要帶到汽車旅館享用之際，居然遇到了一位學弟……對，同高中的學弟，毫無印象的平凡學弟，硬生生破壞了這段時間的夢想。

雞哥自詡在道上混過幾年，幹過的群架不計其數，隨便都能在後車箱抽出棒球棍跟西瓜刀，但是沒想到在停車場一對一的互毆，居然徹徹底底地輸了，林音被瀟灑地揹走，自己滿身是傷。

依虎堂的勢力，要派出一、二十人教訓一名高中學弟當然沒問題，壞就壞在自己抱著昏迷的林音上車，這段過程全部被學弟錄影存證，假設事後林音帶著這段證據去報警，那自己在高中呼風喚雨的生活就到此爲止了。

光是驗個尿，就吃不完兜著走。

於是雞哥根本不敢回報虎堂，同時汝貞認爲自己被拖累了，一哭二鬧三上吊，他被煩得連學校都沒去，懊惱著當初就該先拍下林音的裸照，搞到現在手中連一個用來恫嚇的籌碼都沒。

他被迫躲在夜市觀察林音的母親，也就是惠姨，思索要怎麼利用這點，逼林音不能將事情鬧大，卻沒想到幾天過去，一切風平浪靜，連下巴瘀青的傷都淡了。

更沒想到，虎堂再次發出的通緝令，讓情勢產生一百八十度的逆轉。

這張通緝令已經持續很多年，針對的是過去某位著名的黑道仲介人，與他的妻子、女兒，上頭所附的資料，虎堂人人都看得滾瓜爛熟，妻子的部分有一張年代久遠的正面相片，女兒的部分僅有一張兩光的肖像畫。

恰好雞哥在盯著惠姨時，手機又收到一次通緝令，漸漸地，越看越覺得像。當然相片上的大佬之妻與內衣攤的老闆娘，無論是髮型、膚色都不同，可是親眼比對照片與現場的惠姨，幾乎就有七到八成的把握。

等到林音出現，幫忙收拾攤位，雞哥想起這位學妹的作風低調、神祕，習慣性地說謊隱瞞身家背景，立刻就覺得有九成的機率，惠姨和林音就是通緝令上要找的母女。

這可是能得到堂主重視的大功，他立刻吞一顆藥丸放鬆緊張的情緒，冷靜下來後決定暗自跟蹤，要先確認她們的確切住址。

太順利了，沒走多久就抵達雞哥求之不得的地址，藏身在電線桿後面，稍稍觀察片刻佐以手機查到的資料，很快就知道這棟老舊公寓裡面切成數十間雅房出租，爛透的生活環境，只有一些見不得光的窮鬼會租。

天濛濛亮。

五輛黑色休旅車載著近三十名虎堂幫眾下車，由堂主最得力的某位香主帶隊。志在必得。

本該是迎接美好早晨的雲，卻破碎成一條一條的細絲，風捲殘雲。

這二十八名黑衣人，樣貌高低皆不同，相同的僅有刺在身軀某處的猛虎刺青，以及手中的武器。

出動這樣的隊伍，就連一般規模的賭場都能輕鬆攻下，更何況是帶走區區一對母女。

虎堂只求一擊必中，逮到惠姨和林音就能整治在監獄中仍不安分的德叔。

幸好。

整夜沒睡的惠姨頭髮亂七八糟，身體只披著薄外套，冒著涼風起床上廁所，意外透過透氣窗見到五輛休旅車無視交通規則臨停，心臟猛跳，等到諸多黑衣人下車，立即轉身就跑。

回到雅房，連錢跟證件都來不及拿，惠姨焦急地說：「快、快起床！」

一樣整夜沒睡的林音臉色慘澹，不解地說：「做什麼？」

「妳爸的那些仇人來了！」

「什麼……」

林音旋即知道這意謂著……

惡夢成眞。

不敢再浪費一秒鐘，哪怕是用來震撼、驚愕、恐懼。

她立刻下床，不管身上只剩輕薄的T恤跟棉褲，連視爲第二生命的手機都沒帶，跟著惠姨奔出家門。

她們來到樓梯間，由高而下觀視，清楚可見黑衣人正魚貫上樓。

這樣的老舊公寓又沒有設計其他的出入口，數十戶共用一條樓梯，一旦被堵死了，便再無第二條退路。

「怎麼、怎麼辦？」林音的俏臉再無一絲血色，她見過落入黑幫的人，會有怎樣的下場。

惠姨握住女兒的手，給予安定的力量，柔聲道：「別怕，有媽媽在，什麼都不用怕……」

事實上見到這麼多黑衣人，惠姨的內心比誰都恐懼，只是故意裝出媽媽的樣子，即便她根本沒有生育過。

該怎麼辦？惠姨也很想不負責任地問出這個問題，然後安心地等待答案，不幸的是，她不能這樣子做，因爲她得是提供答案的人。

「可不可以借躲在鄰居家？」林音急問。

「不可能的，這些鄰居，不敢惹黑道……況且時間也不夠了。」惠姨再往下看了一眼，黑衣人已經到了三樓。

「到底該怎麼辦！」

「往上走，說不定可以從頂樓跳過去隔壁那棟公寓。」

「好……」

她們別無選擇，趕緊上樓梯，從四樓登上五樓的屋頂加蓋，也就是廣義的第六樓。

頂樓的鐵鎖早就腐朽，輕輕一扯就從中斷裂，她們順利走進去，一眼所及是一片凌亂不堪。原先房東有開放此地讓房客曬衣物，卻沒想到有人跳樓自殺，搞得租金大跌，房東乾脆鎖起來，擺放替換用的二手家具跟電器。

惠姨很聰明，推著兩張沙發去堵住入口，同一時間林音四處打量，觀察哪個方向可以逃生。

的確是有一條生路，但難度很高，隔壁棟公寓的頂樓距離約三公尺，如果是電影的話，用助跑加跳遠的方式，一定可以輕鬆掠過，可惜林音與惠姨不是基努李維，硬要跳過去其實跟自殺無異。

「怎麼辦……」林音已經感覺到黑衣人要來，慌張。

「拆兩張床板，搭成一座橋。」惠姨指示。

「這……是在開玩笑吧？」

「快點！等那群惡煞發現家裡沒人，立刻就會上來了。」

惠姨凶了女兒一聲，正推著一台廢棄洗衣機要去堵門。林音回過神來，在九死一生之際，強迫自己冷靜，很快就找到四張單人床床板，以及兩卷阻電膠帶，手動得非常快。

先將兩張床板疊成一張捆緊，增加厚度免得斷裂，再將另外兩張床板如法炮製，然後接在一起，延長成一面超過三公尺長的木板，母女兩人合力架起一座陽春的逃命路線。

不過……這眞的太陽春了，要將生命寄託在五分鐘內趕出來的橋，基本上正常人根本不會嘗試，林音惴惴不安，望一眼樓下，整整六樓的高度，一旦摔落，屍體都不一定完整。

「快過去！」惠姨催促。

「我……這個、這個……」林音很猶豫。

「妳不是想要好好地活嗎？」

「這不、這不……」

「那就馬上給我爬過去！」

「可是這個太……」

「他們要來了，快！」

像是應惠姨的召喚，入口的門立刻遭受重擊，堵住的廢棄物全在晃動。

林音的淚腺全面失控，雙腿恐懼地發抖，爬上女兒牆登上床板搭成的木橋，橋面因重量下陷彎曲。

轟！門被幾個壯漢踹開，門板噴飛。

「快走！」惠姨尖叫，擋在女兒身後。

率先走出的是統御這支隊伍的香主，手持著開山刀，快步地向前，刀鋒閃耀著清晨的陽光。

「德叔的老婆吧？」

「放我的女兒走！」

「不要。」

香主一刀砍了過去，惠姨反射性舉起手想要擋，左手的小拇指、無名指、中指，同遭斬落，暗紅色的鮮血濺了一地，拉出三道殘酷無情的不規則線條。

惠姨的臉部肌肉在抽搐，痛楚幾乎要迫使她暈厥過去，但她明白自己一旦失去意識，女兒絕對難逃虎口，另外，她很清楚這種暴虐之人最愛享受獵物的痛哭求饒，不管退怯或者示弱，都是在激起對方的嗜殺之心。

「老大，幫主再三交代要留活口！」

「幹，對吼，不過幫主沒有規定說不能斷手斷腳啊。」

「不是，萬一失血過多……」

「這還好啦。」香主甩甩開山刀甩掉刃上殘血，關心地詢問惠姨，「不會死吧？」

惠姨連站立都得用盡全力，自然沒辦法回答這種戲謔的問題。

「喂！那個表演特技的妹子，快回來，別眞以爲能逃得掉。」香主朝林音招招手。

「快逃，不要回頭！」惠姨按著血流不斷的傷口，放聲大喊，「有媽媽在這，沒有人能動妳！」

「囉嗦。」香主一刀砍在惠姨的肩膀上，但有控制力道，沒直接卸下整條手臂。

「啊！」惠姨跪在地面，全臉的青筋暴起。

刀就卡在肩骨之中，香主還得一手按著惠姨的頭頂、一手施力拔出開山刀，順勢扯出一道血線，斑斑點點濺了一地。

「不要再逃了，不然我連妳媽的腳趾都斬斷喔。」他持續對林音喊話。

聽見母親痛苦的哀號，惶恐的感覺張牙舞爪地擴散，林音痛哭流涕，一直往前爬，頭也不回，一直往前爬，在這個瞬間她彷彿回到童年，殘酷的事實證明，被遺棄、被霸凌、被虐待的林音原來從未變過，只是換了一個型態存在著。

想要好好地活就不能停下來，想要好好地活就不能回頭去望惠姨一眼……得當作自己不知道惠姨的慘狀，背後完全沒有人，不能停。

不能，眞的不能，她哭得不能自已。

「這位妹子，妳應該知道，我帶的人已經趕去隔壁公寓了吧？」香主著實不懂這樣冒險有什麼意義。

林音不管，懸在高空，她不能止步。

「還有，妳應該知道，我只要輕輕推那張木板，妳就會摔死吧？」香主笑了出來。

「你敢！」惠姨厲聲尖吼，雙目通紅，狀似瘋狂，撲向危害女兒的混帳。

香主嚇一跳，沒想到一名中年婦女能爆發出這種力量，被撞得不斷退後……不斷退後，直到另一邊的女兒牆緣，勉強停住，沒被推下樓去。

「統統不准過來，我要自己搞定這個臭婊！」在手下前丟了大臉，香主猖狂地笑了出來，決心要砍斷惠姨兩條手臂洩恨。

沒想到惠姨的力氣奇大，竟一時沒辦法掙脫糾纏，反被暗黑色的血液髒了全身，看起來有幾分狼狽，而手上的刀也沒了用武之地，彼此貼在一塊，根本沒揮砍的空間。

他乾脆放棄開山刀，掄起拳頭一發一發轟在惠姨的背。這時候惠姨已經完全感受不到痛了，她只有一個念頭——要怎麼樣才能讓女兒逃出生天，不會淪爲控制丈夫的道具。

全身是血，肌膚外腫得一片又一片，肌膚內骨裂了一處又一處，但惠姨沒有鬆手，還是緊緊抱住敵人，在女兒牆附近推搡不退。

「我來幫忙吧？」一名黑衣人高聲建議，「不然等等警察就到了。」

「幹！你們是不會趕緊把這個臭婊拉開嗎？看戲啊操！」

幾名黑衣人面面相覷，用眼神傳遞著無奈，準備走過去幫忙，同時預感惠姨接下來的遭遇會很淒慘。

惠姨披頭散髮著，髮絲因爲濃稠的血黏成一束一束，遮住大半的容顏……從小，她也是個沒父母的孩子，依附在親戚家過得好壞參半，渾渾噩噩就這樣長大了，平凡的人，平凡的人生，從沒想過結婚，沒想過生子，等到年紀漸長，連夢都不敢作，打算存一筆錢，找一家口碑不錯的養老院安生。

如果說嫁給德叔是一場意外，那一不小心有了個女兒更是意外中的意外。

她沒想過會成爲母親，她根本不懂要怎麼成爲母親，爲此還到處跟黃昏市場的同行、顧客請教，有的說望子成龍、有的說無爲而治、有的說僅供吃住、有的說健康就好，得到的答案包羅萬象，反而令她更加混亂。

最終，她得到一種最可信的說法……

沒有親身體會身子裂成兩半從中落下骨肉之痛，是無法明白何謂母親的。

對，惠姨自始至終都不明白。

她一口咬住了香主的耳朵，腥臭的血味充斥整個口腔，旋即聽見嘶聲裂肺的怒吼，不知道是拳頭還是刀刃，全招呼在這個脆弱不堪的背影。

香主的耳朵被咬著，劇烈的痛楚讓雙眼赤紅，堂主的交代早就拋諸腦後，一心只想砍死這個賤女人，尤其是牙齒定要一根一根打斷。

幾個手下過來幫忙，惠姨就是不放手，所有人擠成一團，一團混亂，咆哮、怒罵、叫囂，漸漸往女兒牆靠過去。

香主知道再這樣下去沒完沒了，忍著痛，大喊：「給我砍掉，幹！」

一名得力手下收到命令，毫不猶豫，高高舉起開山刀，手起，刀落，直接斬掉惠姨整條右手臂，所有的黑衣人身上都噴滿鮮血。

少一條手的惠姨已經無能爲力了，瞥了一眼房東新安裝的監視器，再一眼望向痛哭流涕的林音，緩緩閉上眼睛……

腳步跨出一個分不出是刻意還是無意的踉蹌，整個人往後一仰，直挺挺地墜落。

落擊四樓的遮雨棚。

再撞擊二樓凸出的冷氣。

最終轟然掉於房東的停車棚，從旁滾落趴平在柏油路上，四肢呈現不自然的彎曲，連脊椎骨都斷了。

一灘血，漸漸暈開……

很巧，惠姨聽見不遠處傳來的警笛聲，這樣惱人的聲響在清晨格外刺耳，但她很開心，真的很開心……

香主雖然一肚子火未消，卻已經鬧出一條人命，假設再不走就成了現行犯，虎堂這幾年被德叔的黑資料搞得實力大減，此時已經沒辦法輕易在警察面前綁走一名懸在半空的少女了。

當然順手殺掉是沒問題，不過這代表又再一次違反堂主的命令。

「走！」

黑衣人依照指示，迅急地下樓梯，一一上了休旅車，快速地呼嘯而去。

林音緩緩地爬回來，連滾帶爬地跟著下樓，踩著搖搖晃晃的腳步，來到房東的墨綠色停車棚旁，見著不成人形的惠姨，似乎還有話想說……

她很想去觸碰惠姨，但眼前的身軀已經脆弱到稍一碰觸便會消散的程度。雙手懸在空中，心也懸著，空蕩蕩的，這是前所未有的酸澀情緒，親生父親死去時沒有……親生母親死去沒有……離開德叔時也沒有……

惠姨張開嘴，立即嘔出一口瘀血，氣管通順一些，擁有了所剩無幾的力量，堅定地交代認爲林音應該明白的事。

「我……」

「妳再等等，警車馬上就到，有聽見吧，馬上就到了，馬上就到了。」林音雙手皆是髒血，精神恍惚，喃喃重複著字句。

「雖然……雖然妳從未將我當成母親……咳、咳……」惠姨咳嗽，血流個不停，仍要堅持說完，「但我有個、有個建議……聽聽好……咳……不聽也沒關係……」

「先別說話，警車馬上就到，警車會帶妳去醫院……會去、會去醫院。」

「聽好……」

「會去醫院的。」

「妳給我聽好！咳……咳咳……」惠姨奮力大喊，聲音依然不大，反而咳出更多血。

「是、是的，我在聽，我有聽。」林音一直搖著頭，淚珠不斷滾落。

「我的……咳……我的女兒什麼都好，就是算計……算計太多……」惠姨笑了笑，這個笑容就跟當初第一次見到林音時的笑容相同。

彷彿這麼多年過去，什麼都沒有變過。

「我……我不是……」林音還是搖頭，只能搖頭。

「女人吶……有的時候就是要笨一點，才能、才能好好地活。」

「……」林音跪倒在母親身旁。

「當一個好人，才能好好地活……懂嗎？」

「我懂的，對不起，我眞的懂了！」

「妳想……領、領……咳咳保……咳金……爲什麼……不跟我說一聲就好？」惠姨的混濁雙眼逐漸失去焦距，在撕心裂肺的痛苦之中終於明白……

所謂的母親，就是能爲孩子愚笨的女人。

林音抱頭痛哭，眞心眞意地認錯。

第2.5章 白姓攝影師

小菜這幾天都無精打采。內心沉甸甸的。

白熊履行承諾，重新開始執掌相機，第一個拍攝的目標，如約定就是李明。

李明雖然表現得心不甘情不願，但任誰都看得出來，她難得捨去掉輕便的運動服，穿著一套典雅又不失性感的小洋裝，耳環、手鍊、髮飾通通出籠，還特別約了髮型師做頭髮，根本是期待已久。

因為要照顧小菜的關係，他們沒有移動到很遠的攝影棚，僅在附近找到一間花園式的景觀餐廳，這裡有著占地遼闊的花卉植栽，可以提供客人照相。

小菜坐在靠落地窗的位置，一眼看出去是整片的萬紫千紅，其中能見到白熊不斷指導李明的姿態。李明看起來不太情願，常常反唇相譏，手腳卻還是乖乖地聽從指示。

一張鋪著白色桌巾的圓桌，擺放三份刀叉及水杯，其中只有一個位子有上一份餐點，堪稱色香味俱全的青醬義大利麵，散發濃郁的香味，小菜連叉子都沒碰，任由室內的空調讓這盤美食變冷。

一名男性大剌剌地坐在本該是白熊的座位，另一名女性左顧右盼，確定沒人注意，才坐落本是李明的位子。

「阿爺……」小菜噘起嘴，可憐兮兮的。

「等等。」阿爺端起冷掉的義大利麵，取白熊的叉子捲起一團麵，放進嘴巴內慢慢地咀嚼，「不錯，就算冷掉也好吃。」

旁邊的迎春一拳捶在他的腹側，罵道：「沒禮貌！」

「這眞的好吃啊。」阿爺再捲起一團麵，湊到迎春的粉色唇邊，「吃不吃？」

迎春的雙頰浮起兩圈幾乎不可視的紅暈，稍稍猶豫個三秒鐘，便一口吃掉，不得不點點頭認同道：「是……是不錯啦。」

「……我可以說了嗎？」小菜的委屈在短短的時間中累積三倍。

「喔喔，請說。」阿爺繼續吃，不像財神，更像是餓死鬼。

小菜先是嘆口氣，然後難得叭啦叭啦地一口氣將遇到另一位財神的事說出來，中間摻雜許多「好凶」、「很可怕」、「財神最討厭」、「財神統統死光光」之類的情緒性用詞。

既然是同僚，阿爺一聽小菜描述外觀，立刻就知道是誰了。

同時，迎春也想起這位財神的名字，厭惡地說：「他叫紅龍，又稱紅龍魚，是城隍圈公認的第二號麻煩財神，已經盯了一百多年。」

「第一號麻煩財神是誰？」小茱好奇地問。

迎春忽然噤聲，眼球以相當緩慢的速度，慢慢瞟向身邊的男人……

「欸！這是什麼充滿歧視的目光？我一位正正當當的財神，秉持著最高原則，爲人帶來快樂，每一回的業績都順利過關，千百年來認認眞眞工作，爲天庭出生入死在所不惜，結果沒想到你們這群搬弄是非的卑鄙城隍，成日在打小報告，阻礙我爲人民服務的機……」

「閉嘴。」迎春道。

「……」阿爺低下頭去，繼續吃著義大利麵。

「我原本是想說，讓金萱感受一下窮困潦倒，說不定就能喚回她的良心，能夠更體諒別人，卻沒想到才剛剛接近，就遇到那個討人厭的紅龍，被他給凶了幾句之後……」小茱再度垂頭喪氣，眼眶泛紅道：「我、我也不知道該怎麼辦……」

「紅龍的個性很極端，就不是個按規矩行事的人，何況這一次，他投資金萱算是大大成功，更不可能讓窮神插手。」迎春說得坦白。

「他的業績靠金萱這波賺得腦滿腸肥，換作是我，誰敢動我的搖錢樹，誰就準備吃屎。」阿爺補充。

「你吃你的麵啦。」迎春阻止他的補充。

「唔……」小茱軟軟地癱在輪椅椅背。

「沒辦法了。」

「只能看著白熊……繼續被欺負、剝削了嗎？」

阿爺叼著湯匙，冒著被打的風險，感慨道：「我早說過，塵世看似進步，卻跟幾萬年前的原始叢林差不多，信奉的是『弱肉強食』，而且包裝得更巧妙，僞裝得更無形，凶險的程度更高。」

「你不要一直講那些老掉牙的廢言。」迎春覺得阿爺就是故意在凌虐小茱。

「那就是……眞的沒辦法了嗎……」小茱淚眼汪汪。

「是哪個蠢貨說沒辦法？」阿爺問，冷笑。

「咦!?」小茱立即坐挺身子，眼角瞧見迎春眼露凶光，替阿爺冒一把冷汗。

「如同男人的敏感帶只有男人懂，也只有財神知道如何刺激財神的敏感帶。」

「你可不可以不要說得這麼猥瑣？」

小茱完全無視迎春的仗義執言，只想聽清楚阿爺說的話，反正敏感地帶到底是指什麼，她根本就聽不懂。

「該怎麼做？」

「欲知詳情，下一盤義大利麵揭曉。」

阿爺將空盤推前，順道賣一個關子。迎春不知道何時，抽出了一把亮晃晃的長劍，完全被吊起胃口的小菜委屈地跺腳，腿部劇痛傳來才想起鋼釘與石膏的存在。

「喂，這可是財神的巨大弱點之一欸！我說出來會成爲全體財神的公敵，換一盤麵是有很過分嗎？有嗎？不要動不動就拔劍相向好不好？」

「你居然讓小菜哭了，眞是罪該萬死。」

「她是因爲斷腿的關係好嗎！」

「如、如果……阿爺能夠馬上毫無保留地說……說出對付紅龍的辦法，我想……眼淚應該就能止住吧……嗚嗚、嗚嗚嗚……」

「妳這女人根本是學壞了啊，等等，妳們這是勒索、恐嚇，絕對算是耍流氓！」

不管阿爺嚷嚷什麼，迎春還是將劍藏在桌底，暫時擺在受害神的大腿上，連西裝褲都割出一道細縫……

「我以前不是說過，對財神而言，有一些橫財是不能賺的，有一些業績是不能收的嗎？」

「喔，原來是這個，要你直接告訴小菜啊！」

「好啦，是保險。ＯＫ，我說了，快將凶器拿走！」

「保險？」小菜好奇地前傾身子，繼續追問這個關鍵字。

阿爺把玩叉子，讓叉子在指尖旋轉飛舞，面無表情地說：「這麼快就忘記我當初放棄林音的原因嗎？」

小菜的雙眸逐漸渙散，宛若整個空間在這個剎那停滯，陷入空無一物僅有自身的世界。

「走吧。」阿爺攤開掌心，平放在桌面上，「有人要來了。」

迎春狐疑地握住阿爺的手，問：「那她？」

「她會想通的。」

他們同時消失了，而白熊與李明恰好走過來……

□

「我總覺得怪怪的……」李明低吟。

碰巧被白熊聽見，順口道：「沒什麼好怪的，無論她做什麼，都與我無關。」

這段日子，可能是李明最幸福的時光了，經過小菜的要求……或者說是撮合，平白多出很多機會能跟白熊相處，連工作上的事都徹底怠惰，像回到過去學生時期，兩人常常膩在一起玩的模式。

這一切都要歸功小菜，小菜的腳一天一天康復了，估計再過幾天就能取出鋼釘，目前已經可以維持基本的生活作息，能自己轉著輪椅在小區域的範圍移動，有了基礎的自理能力之後，便開始指派稀奇古怪的任務給白熊。

「你們去動物園拍大象的照片給我。」

「你們去這家排隊名店點他們的招牌，吃吃看，拍照給我看看。」

「你們去阿里山，確認日出是不是如傳說中這般神奇，記得拍給我看。」

諸如此類……

同時，白熊不太情願，小菜會帶著惆悵，立即再補充一句，「等我出院，就能夠對著這些照片，一一去體驗了。」

屢試不爽，白熊的內疚會噴發爲滔天巨浪，在厚實的胸膛內反覆沖刷，最後完成小菜的所有心願，當然，也是李明的心願。

李明其實跟小菜沒半點關係，斷掉的腿和失去的記憶皆與之無關，但她卻對小菜感恩戴德、百般呵護、有求必應，只要是小菜需要用的，一小時內送達，就算是小菜不需要用的，也是先送到病房再說。

位於阿里山山腳下的一間民宿、一間雙人房。

「不管了，得先挑一張照片上傳。」李明盤腿坐在床鋪，盯著筆記型電腦，猶豫不決。

「不用啦，中午前就能趕回醫院，讓小菜自己挑。」白熊坐在床尾，研究手機的地圖。

「小菜明明說要我們即時更新社群網站，拖到現在已經太晚了。」

「誰教妳要買手機給她，醫生就說腦部受創的患者不該使用太多智慧裝置。」

「我聽到的專家是說，要多給予患者刺激，才有機會記起過去。」

「這……好像也是有道理。」白熊總是很容易被說服。

「對吧。」李明暗暗得意。

「那用這張。」白熊用手機傳給李明的筆電一張照片，正是剛拍下就覺得是得意之作的作品。

李明身處其中，壓著漁夫帽，長髮仍隨著山風飄逸，連舉世聞名的阿里山日出都相形失色，乖乖成爲背景板。

「不要，好爛。」李明按下刪除。

「什、什麼？」白熊即便不敢自稱大師，但在這個圈子普遍有著好評，自己覺得好的作品，自然有一定程度的水準。

「好爛……這算什麼。」

「……」

「算了，不如我拍的。」

李明輕鬆地點一點手機，一張用手機自拍鏡頭拍攝的相片上傳了，簡單描述，就是很尋常的觀光客自拍，白熊跟李明靠在一塊，同時比出大大的ＹＡ。

「就算近期手機已經擁有相機的鏡頭模組，但……等等，妳這也修得太大了吧，液化、柔膚、削臉……我像瘦了十五公斤，妳的臉變三角形！」白熊撐著下巴，無奈地說：「這年頭連網美都不這樣搞了。」

「拍下去就這樣啦。」

「對，這就是手機最大的問題，後製到沒有細節，全數失真。」

「這才好看……」

「妳看，這景深，虛到連日出都只剩一團光了。」

「日出又、又不重要……」李明低聲道。

「不重要我們趕來這幹嘛？」白熊正經地說：「我是希望靠照片勾起小菜失去的回憶，我們的合照沒有幫助，快刪掉。」

「不要。」

「快啦。」

「不。」

「妳是不是越老越任性。」

「警告你，別說我老喔。」

兩人僵持不下，李明根本不在乎什麼修圖、什麼日出，她只在意這張相片是這趟唯一的合照。白熊當然猜不出對方的想法，繼續捍衛攝影的專業，解釋自己選擇的作品是兼顧到多深的層面，再用各種專業角度進行分析。

沒用，你一言、我一句，誰也不讓誰。

直到李明的手機響起古怪的提示音，這是特別設定的提醒，代表著特別需要注意的狀況發生。

「不要看了。」白熊的眼皮連抬都沒抬，內心清楚。

「……」李明停下手指的動作，靜靜地看著他。

「她可能是同情，也可能是大發慈悲，所以才昭告天下，說我浪子回頭，誠心誠意地悔改……」白熊想自嘲地笑幾聲，但真的笑不出來，「事實上，我跟她再也沒有半點關係。」

他說的是金萱，意外的是，從沒想過自己能夠開口談這個原本無法面對的女人，並且，沒有當初那麼強烈的恨意。

「是我蠢笨，是我腦袋一時充血，想找她同歸於盡，才不小心闖下大禍，弄傷了小菜。如今，我是我，她是她，不會再有任何瓜葛，她還願意幫我抹消掉外洩床照的污名，大概是念在我們之間最後的一絲情分吧。」

「你明明什麼都沒錯。」

「是呀，可是這個社會並不在乎真相。」

「……」

「所以妳不要再訂閱、追蹤她，無論她發什麼文、開什麼直播，都與我們無關。」

白熊會這樣說，代表他還是在刻意逃避金萱的相關資訊，否則，就應該知道，金萱最近接了幾則廣告，全是李明的產品，便不會說出「最後的一絲情分」這種不切實際的話。

倒是李明一目瞭然地說：「……你眞的能夠看得這麼開嗎？」

「我不是說過了嗎……過去，我總覺得和她有一種不可思議的緣分，強烈地推著我去跟她在一起，如今，已經沒有這種感覺了。」白熊開始收拾行李，平淡道：「可能是我徹底心死，也可能是我過去被鬼遮眼，總之，跟小菜談過之後，我學到很多，想要重新開始。」

「喔。」李明戴上無線耳機，沒什麼表情，心裡總算是拔掉了一根刺。

「別『喔』，幫忙收啊，要趕回醫院。」

「嗯。」

李明假裝聽著音樂，實際上是在偷聽金萱的直播。

原本僅僅是想確定，金萱會按著合約走，讓「渣男外流床照」變成「駭客破解手機導致外流」，結果……金萱做得比約定更好，跟粉絲分享過去的戀愛故事，在故事中白熊是個很遲鈍也很可靠的好男人，常常鬧出許多可愛的笑料。

她一聽就停不下來，即便是出自金萱的口，沒辦法，誰教自己總是對白熊的相關話題著迷。

同一場直播，不斷有觀眾留言，勸金萱不要這麼笨容易心軟，否則遲早會再被騙、再受到傷害……

□

金萱在這個浮華虛榮的圈子待久，見到的，越來越多。

所謂的圈子，是沒有明碼標示的條件，並非粗俗地規定收入多少以上、資產多少以上、人氣多高以上、訂閱數多高以上才能夠進入，同樣地，也沒有規定範圍，在聚會中，多的是運動員、歌手、企業主、模特兒……來自不同職業。只要在特定的領域累積到一定的實力，自然就會有人提出邀約，久而久之，成為每場聚會都受邀的人，就算是進入這個圈子了。

金萱為了得到這個資格，用掉多少時間？

一、兩年吧，她數了數，很短。

爲了得到這個資格，付出多少代價？

她不敢數了，也不願意數。

很奇怪的現象，金萱一直覺得很奇怪，仔細去觀察，只要是男女之間的合作，無論是合拍影片、合唱歌曲、合著出席活動，不敢說百分之百，但至少有七成，是「男高女低」。

用更直觀的數字表示，二十萬追蹤數的女直播主，會去和三十萬的男直播主合作，數位專輯銷售量二十萬的男歌手，往往找十萬的女歌手feat，就是這麼奇怪。

當無法解釋的現象一再發生，金萱開始領悟，這就是圈子的運行法則，想進去圈子就要利用這個法則。

在一次MV拍攝完結的殺青宴，當紅的饒舌歌手提出續攤的邀請，金萱立刻感受到了，法則已經在不知不覺當中啓動。

她不能放棄機會……

不是不敢、不想、不願，是「不能」，就跟不能不呼吸一樣，本能自然地接受了邀約。

攀上不夜尊，她見到許多原本見不到的人，得到很多額外的機會，無論是知名度還是收入皆蒸蒸日上，反之，沒有不夜尊，她什麼都不是，立即變回沒人關注的小模。

不夜尊是充分利用粉絲容忍度的饒舌歌手，喝酒、呼麻、花心、放蕩已經是他的正字標記，金萱從未覺得不夜尊是能長相廝守……不，連正常交往都不可能，所以自己也是抱持著能利用多少算多少的態度，盡量去累積人氣和工作機會。

可是，最近的通告變少了。

各式各樣的狀況發生，談好的節目換了主題、約好的展場show girl活動臨時取消、簽好的手遊公司無預警關閉伺服器……回過頭來，唯一乖乖發薪的公司，居然是李明。

一開始，她以為背地有人搞鬼，但委託朋友深入調查，節目會換主題是時事的影響，展場的活動取消是因為颱風，手遊公司吃上了版權官司才會關掉伺服器，基本上這些因素，除了推給運氣不好，別無其餘選擇。

緊接著，她發現了一件最嚴重的事。

不夜尊帶著新的女人出席潮牌的宣傳活動，金萱還是透過新聞得知的。

男人的女伴一個換一個，人們會說屌，風流，人生勝利組。

女人的男伴只要換一個，人們就說婊，淫亂，無縫接軌偷客兄。

如果說白熊過渡到不夜尊，能說是白熊外遇在先，那從不夜尊再換一個男人，恐怕不能用相同的理由了……該怎麼辦呢？對於靠網路熱度吃飯的職業來說，維持話題跟曝光度是關鍵。

金萱歪著頭，登出社群網站的帳號，熟練地登入分身帳號，觀看白熊停擺許久、最近又開始更新的個人頁面。

第一眼瞧見，白熊與李明在阿里山的日出前合照。

「……」她慢慢地坐挺身子，所有的表情慢慢收斂，趨近於無。

白熊是一貫的木然表情，看得出來拍這張合照他並不情願，大概是因爲被逼比出YA這種幼稚的手勢。

他沒有什麼改變，和過去一樣，即便遭遇這麼多挫折，依舊是老樣子。

「你眞的沒變嗎？」

金萱天生不愛親近自然，山林有太多噁心的蚊蟲，海邊有污染與魚腥臭味，可是白熊很愛，愛得要死，如今終於有人陪他上山下海。

見此，她卻淡淡地笑了，意外注意到他對李明的眼神……

那是混有憐愛的無奈，帶有欣慰的感激，很微妙，但金萱看得出來。

「我就說了吧，精神出軌。」

金萱慵懶地伸一個懶腰，等等就要準備工作了。

「可惜了，虧我最近說的故事，男女主角本來會有個破鏡重圓的結局……」

她換了一件低胸性感的上衣，掀開藍色的布簾，落坐在電腦椅上，雙手敲打鍵盤，爲直播做宣傳。

攝影鏡頭開啓，熟練地操作直播軟體，調整麥克風至恰當的距離，在直播間等待的粉絲已經開始增加，這一回她沒有化妝，單純用素顏的模樣，配合上比較灰暗的燈光，塑造出一種慘澹的氛圍，如外頭的天氣，壓抑，陰雨綿綿。

覺得時間差不多了，金萱透過軟體上傳直播訊號，一瞬間就出現在上千人的智慧裝置螢幕裡。

沒有特別打招呼，她直接進入了主題……

「前幾次，特別記得有幾位朋友勸我，要我別那麼笨、別那麼容易心軟，否則遲早再被騙。」金萱刻意苦澀地哈哈大笑，旋即在鏡頭前沉默了兩分鐘之久，幽幽地說：「果然……被你們說對了呢。」

聊天室刷出整排哭泣表情，粉絲紛紛爲她打抱不平。

「原本，我還以爲……我們之間的誤會解除了，彼此互相傷害的傷口癒合，就能回到一開始……天眞浪漫的狀態，不過，當我見到他和別的女人到處去玩，甚至住同一家旅館，才深深地領悟……」

金萱又再度沉默，慢慢地秀出白熊與李明的合照，當然也有他們幾個打卡的地點，之中有旅館也有民宿。

聊天室已經有幾名死忠粉絲開始依這些公開的訊息，人肉搜索李明的眞實身分。

「一切都回不去了……還有，你、你們不要去打擾他們，事情變成這樣我也有錯，我會默默地祝他們……永遠幸福……」金萱咬著唇，像在強忍著淚水，最後無法再堅持下去，被迫下播整理情緒。

讓聊天室的爭議繼續燃燒、發酵。

金萱需要維持熱度。

少了不夜尊，她只能自己創造。

□

會議室。

說是會議室，不如說是員工餐廳。

李明的公司僅有三個部分，八成的空間是雜物室兼倉庫，剩餘的一成是辦公室，另一成就是這了。

一張長方桌，能坐十五到二十人，四周的牆除了一面擺投影與影音設備之外，其餘都是冰箱與零食櫃，彷彿一間超商直接移植到此，所有的食物與飲料員工可以隨意取用，永遠保持高血糖的狀態。

李明含著一根巧克力棒，坐在長桌的主位，低頭滑著手機，閱讀剛傳來的報表。左右兩邊各坐了一名職員，李明習慣戲稱她們是祕書與助理。

她們完全沒有補充熱量的閒情逸趣，一個欲言又止、一個愁眉深鎖。

「老闆，我們終於知道爲什麼了。」祕書忍不住開口。

「什麼？」李明的眼睛沒離開螢幕。

「目前……我們被取消掉五百多筆訂單，原本談好的合作對象全數告吹，如果情勢再繼續延燒，我怕，多年積累的廠商與通路恐怕全部都沒了。」

「嗯。」

助理緊接著說：「我們的官方粉絲團現在徹底停擺，任何發文都被洗得亂七八糟，短短五天少掉百分之五的追蹤數。」

「那不是還有百分之九十五嗎？」

「老闆，妳知道我們的百分之五是多少人嗎……」

「嗯。」李明又不置可否地應了聲。

「不過我們已經找到原因。」祕書將手機的幾張截圖秀在大電視牆上，「就是這幾個人私下籌劃攻擊我們公司，現在證據蒐集得差不多了，等等就轉交給法務提告。」

「咦……不用啦。」

「老闆，目前的情況嚴重，再不以訟止謗，根本沒完沒了。」

「這些人都是金萱盲目的粉絲嘛，被煽動的，挺可憐。」

「我們損失的營業額才可憐！」助理豁了出去，決定不再婉轉，單刀直入地問：「老闆，請老實說，妳眞的是小三嗎？」

李明停下所有動作，頭慢慢地歪向一邊，連呼吸都不自覺放緩，彷彿需要用掉全部的精力來運算這個亙古難題。

「老闆……」祕書試探地喚了一聲。

「喔。」李明回過神來，輕咳幾聲，道：「這種私人問題眞的那麼嚴重嗎？」

「對，因爲我們的顧客百分之九十都是女性。」助理絲毫不讓。

「也是呢。」

「老闆，我查過了，這位金萱和我們公司合作過，她的個性眞讓人不敢恭維，況且她本身就跟某個饒舌歌手不乾不淨，即便妳是第三者，我也有專家能處理這種公關危機，不用擔心。」助理強調道：「就怕像現在，妳不說清楚，我們只能不斷挨打。」

「其實……」李明輕聲道。

「其實什麼？」助理的耳朵湊了過去。

「說出來眞不好意思呢，嘿嘿。」

「我們認識這麼久了，有什麼不能說的，是就是，沒關係。」

「我希望我是。」李明憨憨地笑了笑。

「……」助理和祕書同時愣住。

她們從沒見過老闆這樣子，平時老闆就算表現得呆呆笨笨，但在公司的事務上，任何決定都很果斷、精確，絕對不是眼前這位，周身散發出莫名其妙的粉紅色泡泡，深陷戀愛的情懷當中，智商少掉一百的女人。

「妳給我清醒一點啊！」助理拍桌而起。

「完了、完了……」祕書癱靠在椅背，喃喃自語地說：「我想起來了，大概半個月前，她不知道哪偷來一名陌生男子的相關證件印章，花一大筆錢同時在幾家保險公司替其保了各式意外險，當初我還感到特別詭異，爲什麼受益人會是金萱。」

「有這種事？」助理嚷嚷著。

「沒想到，那個男子，就是金萱的丈夫……」祕書閉上雙眼，像要與世長辭。

「喂！不是講好要當成祕密的嗎！」李明嬌嗔。

「妳爲了他失去這麼多，眞的以爲這種三心二意的男人會爲妳付出嗎？不會的，妳清醒一點。」助理坐不住了。

「他喔……我就怕他會爲我做出什麼事。」李明搖搖頭。

會議室一片混亂，就此吵個沒完沒了。

同一個地點，不同的世界線。

「千屈菜。」阿爺坐在長桌的末端，含著一根棒棒糖，就算不是員工，他仍享用員工福利。

站在他身後的迎春，一臉凝重，如刷著貓毛般，緩緩梳著阿爺周身的無形金光，臉色從凝重轉爲擔憂，看向坐於輪椅的小菜，那象徵窮神權柄的灰色光芒相當慘澹。

「是……阿爺。」

「我抵抗著紅龍不斷地找碴，教妳使用財神最大的弱點逼走紅龍，順利跟金萱結緣，到頭來卻傷害了我……李明損失的財富，等於我損失的業績，懂嗎？」

「呃……紅龍這麼快就發現了啊？」小菜並不想惹阿爺生氣，「我、我是最近還有別的案子在忙，比較分心一些。」

「妳到底有沒有搞懂保險對財神的影響力？」阿爺用力咬碎棒棒糖，陰冷地說：「紅龍替金萱提升福運，最直觀的就是錢和收入，他身爲財神會害怕神權啓動，導致保險受益人賺到一大筆理賠金，不得不解除和金萱的關聯。」

「這招等於拿白熊的命在冒險。」迎春刻意補充地說：「萬一紅龍……」

「沒有財神爲了業績，敢賭上一條人命，所以，紅龍一定會在第一時間察覺，然後知道妳緊接著跟金萱結緣，再隨便去打聽一下，就知道我跟妳有一腿啊！」阿爺氣得不輕。

「不要給我用這種奇怪的敘述！」迎春立刻聽出不對，生氣。

「沒關、沒關係的……畢竟是我的錯……」小菜內疚地縮起肩膀。

「妳給我感覺有關係！」迎春更氣了。

相較於在狀況外的城隍，面對面的窮神與財神格外嚴肅。

「我們是神明，擁有改變現實的神權，相對地，無論何時、何地、何種狀況，妳都要知道自己在做什麼。」阿爺凝視著小菜，哪還有半分玩世不恭的模樣，周圍的金色光芒如工業鍋爐裡頭的高溫火焰，就算是堅硬的金屬，只要輕輕一碰，也只有熔解的下場。

「我……」小菜已經察覺到阿爺的情緒不穩了。

「神明就得下定決心，一往無悔，最忌諱猶豫不決、自我懷疑。」

「好。」

「要快，否則妳就會知道，超惡意財神是怎麼辦事的。」

阿爺牽起迎春的手，旋即身影伴著金色光芒消失。

留下的小菜，似乎從阿爺的隻字片語中捕捉到什麼關鍵。同一時間，同一地點，還在開會的李明手機發出獨特的提示音。

慢慢地，瞳孔放大，小菜察覺到在遠處的白熊不對勁，顯然目前的情勢發生了巨變，嘴巴喃喃自語說：「沒錯，我知道自己在做什麼，我相信他，我相信白熊與李明之間多年來的牽絆，我相信他們……」

她咬著嘴唇，轉眼之間，也消散於空氣之中，殘留一絲如霧靄的光線，像是徬徨之人所抽的菸，陰鬱積壓不散。

□

金萱的工作莫名其妙少了許多，對剩下的工作機會格外把握。

傍晚，酒吧的宣傳活動。

工作內容是這樣的，開在鬧區的美式酒吧開幕，邀請三位有知名度的網美到現場暢飲並且和老闆開一場直播，在對談的過程中自然會介紹店內裝潢、設備，還有酒品與美食，達到廣告的效果。

金萱很敬業，完全懂業主要什麼，一襲夜店專用的裝扮冶艷登場，該展現的乳溝、大腿、臀形應有盡有，再幾杯啤酒下肚，微醺的姿態又將她對異性的吸引力推高一個層次。

店外，網美們的粉絲早就堆得水洩不通，隔著落地窗欣賞心儀女神的萬種風情，紛紛用手機攝影或同步觀看直播，興高采烈，熱鬧非凡。

白熊也來了，眉眼之間，沉重，無法舒展。

遠處的小菜坐在輪椅上，緊張地咬著手指，不安地觀望著，滿腦子都是「要知道自己在做什麼」這句話不停地迴盪、旋繞，心裡其實也沒有百分之一百的把握，對於人性，她並不能完全掌握。

過去，白熊遭金萱背叛，受到男人最不願接受的屈辱，尚能咬斷牙和著血吞進肚子，是一直到金萱再更進一步誣陷白熊是渣男，來替自己的外遇解套，並且當面狠狠地羞辱他一番，逼得白熊在悔恨的情緒中爆發。

他後悔認識金萱，他後悔與金萱交往，他後悔讓如此醜陋的女人成為自己一生的污點。

現在，他後悔因為自己與金萱的關係，傷害了李明……

原本已經下定決心，要當金萱不存於世，無論她再說什麼、再做什麼都與自己無關……原本是這樣沒錯的，可是一旦牽扯到無辜的李明，那團宛若被黑色火焰不斷燒灼的悔恨，又刺激著本該平息的情緒。

他隨便一查就知道金萱會在酒吧出現，今晚，他要讓李明徹底脫離這樣的麻煩。

金萱在喝酒、直播、工作？統統不重要，白熊停好電動機車，提著如鐵球的黑色安全帽，慢慢地走近團團的人群。

小菜緊張得直搓掌心，嘴巴像是誦唸心經，不斷低語道：「我知道自己在做什麼……我知道自己在做什麼……」

可惜這樣的低語，在鬧市之中根本起不了半點波瀾，白熊永遠不會注意到這雙殷切期盼的雙眼，與不願辜負的自我期許。

人潮，一群又一群。

「借過。」白熊沉聲道，利用壯碩的身體優勢往前擠。

外圍是單純看熱鬧的圍觀民眾，見到一頭熊擠過來，紛紛識相地讓開……但是越靠近酒吧，就是越死忠的粉絲，好不容易占到的位子，不可能拱手讓別人。

「喂，你擠什麼擠啊？」「別推，靠，到底是誰？」「先生，這裡不是你家，可以排隊嗎。」「馬的，推個屁！」

白熊完全沒有聽見，依舊朝著酒吧的入口擠，就算有人用三字經問候，有人蓄力反撞過來，他堅定地一一化解，雙眼死瞪著一個目標……

「我要見金萱。」

這話更是激起眾怒，更多的謾罵從四面八方而來。

「我也想見，但你要排隊。」「幹，你憑什麼能擠到最前面。」「大家合力把這不要臉的東西趕到後面！」「對，一起，馬的，沒規矩的垃圾。」「等等，他不就是那個渣男嗎？」「沒錯，真的是！」「你這個不要臉的人到這幹嘛？」「還敢來找麻煩！」「不能讓他得逞！」「我想找你很久了啦，謝謝你送上門來！」

一大群粉絲，估計有一、二十位，或拖、或拉、或推，硬是將體格壯碩的白熊趕出了現場，一群人來到酒吧後門邊的小巷。

小巷雖然偶爾有人車經過，比起酒吧大門的車水馬龍，算是人煙稀少，主要用來堆放垃圾桶和廢棄雜物。

白熊不想與之糾纏，拎著安全帽推開不斷靠近自己的人，可惜這一大群粉絲沒有想要放過他的意思。

「不要臉的髒東西，還敢來這。」「一定要趁機會教訓你！」「男人之恥！」「給我下跪道歉。」「對，沒錯，快點下跪道歉！」「不要以為這個世界沒人敢動你。」「你三番兩次傷害一位可憐的女人，不怕有報應嗎？」

「我要見金萱。」白熊淡淡地說。

「見你媽的屄！」

隨著一聲髒話，綠色的空酒瓶直接敲在白熊頭頂，玻璃碎片爆散一地，他連是誰動的手都沒瞧見，紅色的血從額間滑過鼻梁，一滴一滴墜落，染得白色襯衫血跡斑斑……

他持著安全帽的手臂在發抖，憤怒在胸腔起火悶燒。

小菜不敢再看，死死閉起眼睛，雙掌合十，持續地說：「我知道自己在做什麼、我知道自己在做什麼……」

金萱的粉絲並沒有那麼輕易放過白熊，見他打算反抗的樣子，更是氣憤地要圍毆他出氣。

「怎樣？不服氣？」「教訓衣冠禽獸只是剛好。」「對比金萱受到的傷害，這根本不算什麼。」「除了下跪道歉，否則你沒資格再見金萱。」「沒見過這種垃圾。」「你這是什麼眼神，不滿就來啊！」

白熊握緊安全帽，坦蕩蕩地站立，面對所有人，一把抹掉滿臉的血，無動於衷地說：「我要見金萱。」

「不可能！」

金萱的粉絲被徹底激怒，一人出一拳一腳，就是十幾拳、十幾腳，白熊被打倒在地，趴臥在垃圾堆滲出的噁臭汁液中，雙手護住頭部，任由十幾人拳打腳踢。

每一拳、每一腳，十幾拳、十幾腳，漸漸擊潰白熊的理智，他不懂爲什麼這些素昧平生的人要這樣傷害自己，即便被打成這樣，堅毅的五官卻沒有半分屈服的意思。

其中兩、三位見到這樣不甘的神情更是氣不過，到旁邊撿了垃圾桶、廣告立牌，就往白熊的身體砸下去。

彼此之間彷彿有什麼深仇大恨，必須除掉白熊而後快，原先還有忌憚的人見著不平等的單方面暴打，跟著激起更多替天行道的快意，動作更大、更狠、更殘忍……物品砸打聲、撞擊身軀的悶聲沒停過。

白熊每一次撐著身體想站起來，就又一次被打倒在地。他有更好的選擇，就是暴起發難，直接逮住剛剛拿廣告立牌砸自己的人，不管三七二十一，先揍個半死再說，殺雞儆猴，可是他沒有這樣做，反而選擇當一個不能還手的人肉沙包。

小菜眼眶通紅，雙手緊緊按住耳朵，不敢聽。

她不是沒有強制干涉塵世的能力，她不是沒有阻止這群暴徒的方式，只要將窮神神權開到最大，自然能出現像林音弒母時的離奇狀況。

但她不能。

「我知道自己在做什麼我知道自己在做什麼我知道自己在做什麼……」

她不停地複誦這句話，像在反覆堅定自己的決心，又覺得時間突然過得很慢，從指縫中滲入耳朵的咒罵聲，全部都拉長了尾音，猶如厲鬼的咆哮。

於是，小菜不得不奢望這段時間能過得快一點，讓白熊的痛苦能少一點。

白熊咬緊牙關忍耐，但也辦不到無限地忍耐，原先手上的安全帽已經不翼而飛，取而代之，是一個空的、斷的玻璃酒瓶，咖啡色的斷面鋒利得如一把短刀，無論是武器還是恨意，他此時全部都有。

大概是累了，也可能是怕鬧出人命，金萱的粉絲當中有人率先喊了一句「差不多了」，再隔了五、六腳，所有人才紛紛停手，輕視地看著這位體型壯碩卻敗絮其中的渣男。

「我要見……金萱，告訴她，有什麼怨恨，都找我！」白熊深惡痛絕地警告，沒有半分剛被教訓完的萎靡，手中握住武器，渾身是發臭的污血。

「媽的，頭殼壞掉了是吧？」

隱約覺得再惹怒眼前的男人會發生不可預知的凶險，金萱的粉絲再補上一腳意思意思，撂下幾句警告，一個一個離開了小巷，回到酒吧的大門，繼續欣賞金萱美艷的身姿，彷彿剛剛做的，不過只是丟棄一團人形垃圾，拳頭、鞋尖沾到的血，用衛生紙擦一擦就沒事了。

就在這個時刻，一名焦急的女人搭著計程車抵達了，東張西望，像在找人。

她要找的人身材很高大，所以第一眼望過去沒有看見，代表要找的人不在酒吧的大門。

她相信自己的直覺，從金萱的直播瞧見背景中意外錄到的騷動，就能夠推敲出白熊非常有可能跑來這裡，抓緊腳步，在酒吧附近查看，果然在後門的小巷中，發現有人躺在垃圾堆中……

正是白熊，他倒臥在滿布腥臭的垃圾堆中，如果不特別注意，恐怕會認爲這個人是垃圾的一部分。

整張臉都是讓人不寒而慄的血，身軀暫時無法動彈，尚在適應四肢百骸傳來的疼痛，眼皮微微地睜開，視線完全沒有聚焦，手中還握住玻璃瓶，用無比的恨意保持一個信念，今日就算是要暴力排除所有阻礙，再用爬的、用求的、用掉半條命，也要阻止金萱。

目前僅是休息片刻，等等就算只帶著破酒瓶，也要達成目的，讓金萱不能再傷害李明。

壞預感成眞的李明哪猜得到白熊的想法，焦急地奔過去，挖開旁邊的垃圾，連忙脫下外套，替白熊抹去臉龐的血污，提心在口，忘記呼吸，慌張且憐憫地顫抖著。

「你怎麼會變成這樣！」

「李明……妳怎麼會跑來這裡？」

心疼又心酸的李明趕緊扶著滿身是傷的白熊坐起，憂愁地大罵：「你這種說一套做一套的混蛋！」

「……」

「我叫救護車，你給我坐好。」

白熊按著李明的手，搖著頭說：「不必。」

「你都傷成這樣了，還想逞強嗎？」

「我皮粗肉厚，他們根本傷不了我。」

「騙誰啊！」李明氣極了，一邊仔細觀察傷口，一邊怒道：「你整個人已經被傷成這樣，還握著破酒瓶想做什麼！」

「我要他們全數付出代價……」

「神經病！」

「妳說什麼？」

「你是神經病！」

「被打的又不是妳，妳幹嘛這麼激動啊？」

「有種你再說一次看看。」李明怒目圓睜。

不願做意氣之爭，白熊只能解釋道：「我要找金萱。」

「問題是有一群人會阻止你啊。」

「那是我刻意忍讓，現在不一樣了。」

「你以爲你是動作電影的男主角嗎？你以爲被打都不會死嗎？你以爲一個打十個是有可能的嗎？白熊，你眞的很幼稚！」

「不然我能怎麼辦？眼睜睜看著金萱繼續編造下流的故事嗎？」

「對，我就希望你眼睜睜看著就好。」

「抱歉，我做不到！」

「你做不到也要給我做到，把酒瓶給我！」

「……」白熊無法放手，哀怨地斜視李明。

「給我！」李明大發雷霆。

明明是受傷的一方，白熊卻沒有辦法放下根本稱不上是正式武器的酒瓶，一想到金萱的構陷、一想到她的粉絲如此囂張的嘴臉，手握得更緊了，他當然知道一個破酒瓶沒有辦法改變情勢，也不可能一次對付這麼多人……

可是他沒辦法放手。

一放下酒瓶就好像承認了自己無能爲力，只能束手無策讓李明獨自承擔四面八方的惡意。

「你拿著這個東西到底想幹嘛？想刺死金萱？想殺死她的粉絲？」

「她的粉絲就是助紂爲虐的人，不能算是無辜！」

「人家的粉絲有幾十萬人，難道你要一一找上門去報仇嗎？」

「不然，我能怎麼辦？」

「你什麼都不需要做……」李明凝視著白熊，一起長大的男人。

「我想做！」

「這麼多年的時間，你已經做得太多了。」

「我做得太多？」

「對。」

「妳說……我嗎？」白熊累積的怒意一滯，死腦筋根本轉不過來。

「我的一生，遇到很多錦上添花，卻只有你願意雪中送炭，所以，這次你什麼都不用做。」

「……」

「你在高中的時候一次又一次救我，不要給我裝作不記得。」李明單薄的身子又開始激動地發抖。

「……」

「還裝？」

「這……已經是很久的事。」

「對我而言，是永遠的事。」

「……」

「你在我窮，吃不起營養午餐時塞食物給我，在我被同學關廁所的時候替我開門，在有人要對我不利時去找老師救場。」李明一字一句地背誦關於高中生涯的酸澀回憶，「在垃圾學長迷昏我的時候，將我平安地送回家……」

短短的一句話卻道盡了過去的悲歡，明明是早就消逝的痛苦卻突然清晰了起來。抽屜，來路不明的肉鬆麵包與牛奶，依李明現在的收入來看根本不值一提，卻是她此生吃過最好吃的東西之一。

廁所，被封死的門，草木皆兵的惡意，懷疑全班的人都是凶手的時候，只有白熊願意幫自己開門。

教室，遭到幾個大男人刻意的羞辱，早在汝貞假惺惺進來阻止之前，他就已經通知教官。

停車場，意識不清，羊入虎口，也是他站出來，成爲李明心中的英雄。

越是苦難、越是顯得白熊的可貴。

「我、我不記得了。」他搖搖頭，不願意回憶。

「在我失去母親……絕望之際，是你讓我活成現在的模樣。」

「……」

「你不記得沒關係，我記得就好。」

「這麼悲傷的回憶，我也不希望妳記得。」白熊當然不可能忘記，但他討厭李明說起過去的樣子，那雙眼睛像是還困在無限的懊悔中走不出來，忘記現在過得有多好。

「我不可能忘記過去的自己做過多少惡事，同樣不可能忘記，自己曾遭受多少報應。」李明不必對身前的男人掩飾，反正最醜陋的一面早就被看得一清二楚，「其實我時常在想，這麼多年過去，我這種天性邪惡的人是能改善多少？實際上，我沒有變，還是心機、陰險、卑劣，常常想要殺人。」

「別說了。」

「唯一的變因就是你，因爲你就是我僅剩不多的良善。」李明坦白，眼淚墜落，和血混在一塊，「這樣子，你懂了嗎？」

「當初妳去改了名、去醫院整了容，不就是想徹底揮別過去，好好地活嗎？」白熊鬆下繃緊的雙肩，「別再想過去的事了。」

「你要先好好的，我才有可能好好地活。」

「放心，我應該會活得很好……」

「有你，我才是李明，沒有你，我就是林音。」李明一邊哽咽、一邊擺出惡狠狠的樣子，「以後都不准做這種討打的事，知道嗎？」

「好。」白熊對自己失望地嘆一口氣。

「最讓我痛苦的，其實不是金萱、不是中傷誣衊，而是你變成像林音那樣的人。」李明慢慢地鬆開白熊的手指頭，取下充滿怨恨的空酒瓶，隨手丟棄在一旁，任其碎成無數的咖啡色碎片。

白熊似乎能從這些碎片當中，模糊地見到過去的林音，現在的李明。

縱使眉眼有些不同，個性也產生巨大的轉變，然而，只要仔細地注視眼前的女人，見到她的瞳孔最深邃之處，就會知道林音還是那個林音，那個固執、死心眼、鑽牛角尖、剛愎自用的林音。

一旦認定了，便不可能再改變。

就這樣吧，什麼討回公道、什麼恩怨情仇都不重要，還是別讓她傷心了，白熊不捨地搖搖頭，利用李明的外套簡單包紮傷口，害一件好好的名牌髒得像一塊破布。

「走吧，帶你去醫院。」李明擦擦眼淚，站起來，伸手拉起白熊。

「沒事，我皮粗肉厚……也已經比較冷靜了。」

「別廢話，走吧，快點。」

「不想去醫院，我真的沒事。」

「是喔，這麼厲害，又是皮粗肉厚、又是控制怒氣，那你讓我打呀。」李明說到做到，粉拳毫不留情地全招呼過去。

白熊握住她的手，兩道眉毛垂下，楚楚可憐地抱怨道：「我痛。」

「你這個死不要臉……」

「對不起。」

「……」

「眞的對不起。」

「混、混蛋。」李明的一顆芳心在這一秒鐘經歷了融化成汁、凝固成形、斷成碎片的三個階段，渾身輕顫，巴不得這些傷全由自己承受，總比心如刀割輕鬆許多。

她摸摸白熊的臉頰，煎熬地噘起唇，正式確認對他沒轍。

「算我拜託啦……我們去醫院好不好？」

「我還是……有話要對金萱說，想好好跟她談，冷靜地談。」白熊掛保證，「我會等到她的粉絲全部散去，不會製造衝突。」

「都這樣了，你到底想跟她談什麼？」

「當然是請她控制自己的言行，我跟她……或許還有條件交換的可能。」

「你已經一窮二白了，還有什麼條件能交換啊？」

「總是有辦法的，不然再這樣下去，我哪受得了這、這種氣。」

「你以爲我不知道嗎？你是爲了我對不對？」

「也、也不是這麼說……」白熊的雙眼挪向遠方。

「看我。」李明的雙掌夾住他的臉，硬是導回原本的角度，「你想拜託金萱，不要牽連到我，對不對？」

「……」

「你根本就不在乎她誣衊你，你只在乎她提到我，對不對？」

「……」

「是不是？給我承認喔！」

「……不然妳先回去……我們之後再談？」白熊採取迂迴戰術。

「你爲什麼就沒想過，我也只在乎她傷害你啊。」李明的眼眶泛紅，「爲什麼你總是想到什麼就做什麼，就不能跟我說一聲嗎？告訴我你的想法就這麼困難嗎？」

「其實、其實我們……」白熊支支吾吾卻無話可說，眼神中滿是愧疚。

「對，我們不是夫妻、不是情侶，連朋友都不是也沒關係，但你不能否認我們是老同學吧？向老同學求助、談心很合理吧？」

「妳是我最重要的朋……」白熊開口到一半……

「朋什麼朋？」李明狠狠瞪他一眼。

「……」

「你給我想清楚再說喔。」

「妳、妳是我最重要的人。」

「虧你還知道這點！」李明扶著白熊，將其右手臂繞過脖子搭在肩上。

「嗯……」白熊忍著痛，當然不可能再冒著被打的風險反駁。

「走吧，跟我回家。」李明架著一拐一拐的白熊，徐徐地離開這條小巷。

第1.6章

李姓攤商

林音一直以來都很懷疑殯葬業憑什麼能賺到錢，人死了就是一具屍體，不再帶有任何意義，最合理的處理方式就是拖去燒一燒，用最快的速度消除掉臭味跟病菌滋生的可能，所以當她的親生父親變成植物人臥床，她願意盡力去照料，但林父去世之後，她完全不予理會，彷彿直接從記憶抹消這件事。

直到惠姨死了，她才懂殯葬業收入的來源是愧疚。

「妳之前不是常笑人家白痴，結果呢？這塊墓地不少錢吧。」白熊雙手合十，朝惠姨的墓碑拜了拜。

「這是她的錢，我不過是還給她。」林音戴著一頂遮陽帽，擋住仍有繃帶、紗布的臉蛋。

「妳知道，惠姨是收不到的吧？這筆錢是進了別人的口袋。」

「我當然知道。」

「妳既然知道……」

「但我會假裝媽媽住在漂亮的墓園很開心，讓自己好過一點。」林音一點都不像好過的樣子。

「惠姨這麼多的保險金，應該是希望妳能好好地活，不是用在這。」白熊憶起惠姨親切的笑臉，一年多的時間過去，依然感到遺憾……何況是林音？

「你不要講得好像跟我媽很熟。」

「上次揹妳回家之後，在夜市遇到惠姨，她都會請我吃雪花冰。」

「哼，自以爲。」

「總之別再浪費這種錢。」

「知道，所以這是最後一筆了。」

「再來呢？妳要去讀大學嗎？」

「再來……」林音低吟一聲。

根據謝律師的消息，虎堂在各種層面上都不能再找她的麻煩了，從道義來說，惠姨已經賠上一條命，繼續追究女兒勢必被江湖唾棄；從利益來說，德叔早就公開講過林音不過是無血緣關係的養女，用養女來要脅的效果不大；從風險來說，監視器清楚拍到虎堂香主企圖殺人，導致惠姨墜樓身亡，引發社會高度關注，警方啓動掃黑計畫，虎堂已經遭到重創，假設林音有個三長兩短，任何人都會懷疑是虎堂幹的。

惠姨不只替女兒留下鉅額保險金，還永除了後患。

「去讀書吧，以妳的聰明才智，一定能考上很好的大學。」白熊再勸。

「我沒辦法再去讀書了。」

「不讀書妳是能做什麼？」

「繼續我媽的工作。」

「在夜市賣內衣褲？」

「對，同時，我要把它拿到網路上去賣，然後賺到更多的錢，開創自己的品牌，讓所有人都喜歡我的商品，賺到更多更多更多更多的錢。」

「想太多，哪有那麼容易。」

「根據我這幾年待在媽媽身邊的歷練，我清楚消費者喜歡什麼，也知道要怎麼跟製作工廠聯絡，其餘的，可以慢慢學習，不管是十年、二十年，總有一天會成功的。」林音說得無比篤定。

「妳現在都已經有這麼多錢了，還要賺錢？」白熊回望身後的女人。

「沒錯，要一直賺錢、一直賺錢。」

「好，算妳天縱英才，當了全台首富，然後？」

「然後去死。」

林音的語氣毫無波動，彷彿在說一件早就既定的事實。

白熊不知道爲什麼，覺得心好痛，莫名其妙糾結成一團。

「把我賺到的所有錢，全部都捐出去，媽媽遺留給我的，會變成另外一種形象，永遠存在下去。」林音沒有停頓，一字一句地說下去，「如果上面說的都能成功的話，我既可以好好地活，又可以減輕些罪孽，多好……」

「這是二十一歲的女孩，該說出來的話嗎？」

「保持著這樣的信念，我才有辦法睡得著。」

「是嗎。」白熊並非用疑問的口吻。

「欸，我媽的墓碑上那邊髒髒的，再擦幾下。」

「喔。」

「謝謝。」

「不用，我會把它擦得亮晶晶。」

「嗯，爲什麼你要對我這麼好？」

「我們是同學啊。」

「沒有同學會幫到這種程度。」

「我們是朋友嘛。」

「不是。」

「不是？」白熊停下抓抹布的手，錯愕。

「你是我的……」林音說到一半，忽然驚覺嘴巴說得太快。

「妳的什麼？我可沒有簽賣身契給妳。」白熊十分警戒。

「少自抬身價，你這種好吃懶做的奴隸送我也不要。」慶幸整張臉因爲整容手術包了大半，林音難爲情的臉色沒被公開，「你跟我，我們、我們算是……算是，嗯，工作夥伴，對，未來的合作對象。」

「替妳拍拍商品照是沒問題，只是工資？」

「當然沒有。」

「妳這麼有錢還不發薪水？惡質。」

「我們是朋友。」

「妳剛剛才說不是欸！」

「別計較這麼多，走吧，順道載我去戶政事務所。」

「妳又想幹嘛？」

「改名，我需要一個全新的開始。」

「改什麼？」

「用我媽的李姓，再用聰明的明字。」

「用聰明的明，反而感覺起來很笨。」白熊不愛這個名字，慢慢地收好帶來的掃墓器具。

「我知道。」林音淡淡地笑了，想起母親最後的交代，「我就想笨一點。」

「眞囂張的女人……」白熊收好，一整袋提著，準備走了。

林音豪邁地張開雙臂，理直氣壯地說：「揹我。」

「妳是臉整形，不是腳。」

「你那麼壯還不揹人家？」

「欸……妳是不是趁機把臉皮加厚啊？」白熊的抱怨歸抱怨，還是乖乖蹲下去，揹起了輕盈的林音，徐徐地朝停車場走去。

「爲了感謝你，賞你一個禮物。」

「我怕，不用了。」

「反正也只是一段謝辭。」

「那說來聽聽。」

「未來，我一生中每一天都對你忠實，是好、是壞，是疾病、是健康，我要愛護你、尊重你，從這天開始，無論是好、是壞，是富、是窮，是健康、是疾病，直到死亡將我們分開。」林音在白熊的耳邊輕輕地說，自然得像是早有準備。

「靠，妳這段馬屁，是在哪裡抄來的？我好像聽過欸。」白熊的耳根都紅了。

「我說到做到，你殺了人，我替你毀屍滅跡；你破產了，由我去賺錢；你斷手斷腳，我也會想辦法養你一輩子。」

「……妳這個是在詛咒我吧？」

「哈。」林音忍不住笑了。

白熊不禁莞爾，連腳步都變得輕快。

身影慢慢地消失，不代表此地沒其他存在。

同一位置，不同世界線。

望著他們逐漸走遠，小茱依然蹲坐在墓碑前，苦著一張流年不利的臉，一想到林音獲得大筆保險金的瞬間，自己的業績跟著灰飛煙滅，就遲遲沒辦法勉強嘴角彎起來。

即便林音大徹大悟，願意走回正途……也沒有任何開心的感覺。

「沒那麼簡單。」站在一旁的阿爺狠狠地潑了冷水。

「不會……吧？」小菜的氣力放盡。

「人只有在極端狀態才會露出眞面目，我們唯有在極端狀態才能知道她究竟長什麼樣子。」

「……」

「到底是林音還是李明，經過考驗，自能一目瞭然。」阿爺說完，身影逐漸淡出。

第2.6章 白姓攝影師

本來應該去掛急診，可是白熊堅稱不過是皮肉傷，像怕打針的孩子死都不肯去。

李明沒辦法，只好帶到公司去，畢竟公司跟住所僅有一牆之隔，存有合乎規範的基礎醫療用品。

現在是上班時間，當他們從大門進來，穿過倉庫，引起倉儲人員的側目，再路經客服部與營業部合用的辦公室時一樣吸引二十幾雙職員的好奇目光，白熊渾身不自在，比遭到圍毆更不舒服。

他們進到無人使用的會議室，李明要白熊先坐，自己隨便找點東西吃，便離開去拿醫藥箱，順便回家一趟。

三分鐘後，李明回來了。

白熊忍不住問：「爲什麼……大家一直看我？」

「因爲你太臭。」李明像在保護寶貝免遭覬覦，惡狠狠地瞪了員工們，用力拍三下會議室的落地窗，收到感應的智慧裝置立即讓全部的玻璃霧化，斷絕不知好歹的視線。

然而，事實是這家公司從上到下全爲女性，突然看到男人進來，難免感到好奇。

當然好奇就僅是好奇，說眞的依白熊目前的慘樣根本勾不起任何異性的興趣，見到社長一副敝帚自珍的蠢樣眞覺得荒唐。

白熊也覺得自己很糟，好想找理由逃跑……

「先去洗澡，我們有公共浴室。」李明怎麼會不清楚老同學在盤算什麼。

「沒關係，我先回……」

「回啥回？你不洗乾淨，怎麼上藥？」

「可是這沒我的衣……」

「這套運動服暫時穿吧，不過我要先解釋，我家會有你能穿的換洗衣物，是廠商送來的樣品，你不要想太多。」李明扭過頭，整理鴨舌帽下的長髮。

「妳們不是女性內衣品牌？」

「目前有拓展到男性服飾的計畫，應該……有啦。」

「剛好是我的尺碼？」

「廠商當然會提供所有尺寸。」

「妳怎麼知道我的尺碼？」

「你的問題眞的很多欸，快去洗！」李明當然不可能坦承家裡還有四、五套白熊恰好能穿的衣物，只是恰好。

「喔……謝了。」白熊按指示前往浴室。

同時，李明拖著一張椅子跟在他後頭，就在充滿少女風格的浴室門前擺椅而坐。

當一名衛兵的原因，是怕有無知的員工闖進去，會發生一點都不香艷的愛情喜劇橋段。

緊接著，她的助理端著咖啡似乎碰巧走過，祕書咬著一塊餅乾像是意外路經，兩人卻剛好停在第一次帶男性朋友登場的社長面前，想不著痕跡地問幾個問題。

「滾。」李明在戴上耳機前說。

兩人立即轉向回到辦公室去。

不過，另一條世界線，有兩女沒被社長的氣勢嚇退。

「菜菜呀，妳居然不推薦這對給我，真不夠意思。」一如往常，全身動漫風格打扮的愛神興奮地雙手握拳上下擺動。

坐在輪椅上的小菜翻著白眼，恨不得錯手意外撞死旁邊的樂芙。

不禁懷疑樂芙的記憶力是不是比倉鼠還不如，白熊就是她強塞給自己的人啊……不，不僅如此，今日會搞成這樣的局面，不就是這傢伙亂拉紅線嗎？一切的災厄，包含這條斷腿，真正的罪魁禍首，居然敢用探病的名義自顧自地出現了。

「這現成的業績我就笑納囉，謝謝招待。」樂芙甜甜地燦笑。

「先等等！」小菜必須阻止。

「咦？為什麼？」

「我……覺得怕怕的。」

「拜託，人家可是人見人愛的月老、丘比特、姻緣之神欸。」

「聽說很多神都稱妳是……『冥婚業者』、『情侶末日』、『超殘虐愛神』。」

「這是誣衊！我從沒聽過這種惡毒的外號，對，沒這回事，包括什麼『結婚證書專用碎紙機』、『婚姻咒殺者』、『相思門的死神』，我全部沒聽過，全然是虛構的！」

果然已經傳到當事人耳裡，小菜默默地轉動輪椅，離樂芙遠一點點，不安道：「目前白熊的狀況不穩定，妳就先去找別人吧，免得他們遭受到非比尋常的厄運……咳，是遭受到妳的神權影響。」

「我嗎？」

「對，妳不能再隨便插手。」

「不行啦。」

「不行？」

「對啊，絕對不行！」

「爲什麼？」

「因爲、因爲……」樂芙忽然無助地跪了下來，緊緊地抱住小菜，哽咽道：「妳聽到的那些外號都是眞的！」

「快點放開我啊！」身爲窮神的小菜眞不想再沾上什麼髒東西。

「我的業績眞的要爛掉了啦，需要這一筆，非常非常需要，幫幫忙嘛！」

「……」

「我們不是手帕交嗎？我們不是一個合作無間的team嗎？想當初，妳、我、阿爺、迎春、老魏可是一起挽救過一條危在旦夕的生命，所謂救人一命，勝造七級浮屠，所以妳欠我八級浮屠。」樂芙開始胡說八道了。

「……」小菜持續無言以對。

「幫我幫我幫我幫我～」

「住手，我已經有非常不祥的預感了！」

「不關我的事，我是無辜的。」

當這兩位神明正在爭執不休，李明猛然站了起來，握住手機的手在發抖，整張臉顯得扭曲變形。

小菜與樂芙面面相覷，不妙的氣氛似乎又開始流動。

李明實在很想若無其事地坐回去，可是上湧的血氣終於衝破長久的束縛，過去幾年的苦難與遭遇，全部化成如刀鋒般銳利的情緒，一道一道切割開好不容易養成的理智。

德叔。

惠姨。

這兩個改變自己一生的名字，竟然在手機的螢幕內被提起，李明從一開始的錯愕，瞬間起火成滿腔的憤怒。

「金萱……妳太過分了……」

此時，小菜恨不得直接駕著輪椅進入塵世，勸李明冷靜。

必須讓她認知到林音已經不存在了，李明不會重蹈覆轍，變回由怨與恨組成的怪物。

「太該死了！」李明恨恨道。

□

紛紛擾擾，延燒了三天。

從金萱在直播中爆料，丈夫的外遇對象是知名內衣品牌的老闆，而且這位名叫李明的女人，擁有不可碰觸的黑社會背景，父親在江湖上無人不知、無人不曉，是黑白兩道通吃的大佬，與現在著名的幫派、堂口皆有深厚的關係。

金萱顯然有花錢委託他人調查，端坐在鏡頭前，宛如正在宣布罪行的法官，一條一條地唸出德叔琳琅滿目的前科，什麼教唆殺人、限制自由、暴力討債，光是聽到就令人毛骨悚然，緊接著再說出一些充滿血腥味的江湖傳言，將十幾年前的事情加油添醋，重新塑造出一個殘忍魔頭的形象。

而魔頭的女兒就是李明。

德叔曾經是極有影響力的黑道仲介，曾經犯下多起殘酷的罪行，這些即便有加油添醋，也不能說是全然虛構，可是，最大的癥結點在於，現在的德叔早就沒有呼風喚雨的能力。

德叔的女兒就是一間平凡公司的經營者，絕對沒有要誰死就誰死的能耐，金萱明知這點依然刻意裝作一副擔心受怕的樣子，順利博得大量的同情心，許多粉絲自願擔任保鏢，無論是人氣度或者是死忠度，全數直線扶搖直上。

媒體嗅到了新聞的價值，翻出德叔被逮捕的那場槍戰紀實，讓觀眾再次重溫這位充滿傳奇色彩的黑幫大佬，甚至還特別做了一個長達兩個小時的專題報導，連德叔的家鄉以及過去的學校，都派記者前去訪問。

當然，媒體不可能放過李明，連帶地調查出她身爲林音的過去。

這已經嚴重影響到公司營運，身爲老闆實在是不能再躲了，李明終於在事件爆發的第三天，特地挑一個白熊陪小茱出門的空檔，在自家公司門前，站出來面對記者。

總覺得塞到面前的麥克風像是一把又一把充滿脅迫的劍，李明很厭惡，也很厭惡出現在公眾的視野。

她必須抬起頭，凝視著天空灰色的雲，慢慢地吐納換氣，才有辦法面對尖銳的記者。

「我爸爸已經爲自己的罪行付出代價，請大家不要……」

根本沒有記者想聽這種無意義的老調，她連一句話都沒辦法完整說完，立即有無數的問題刺了過來，「爲什麼要當小三？」「想不想跟金萱道歉？」「這段地下情持續多久？」「就我們所知貴公司曾找金萱代言，是不是出於補償心態？」「妳父親會對付金萱嗎？」

李明不懂槍，可是好希望手上有一把，最好是能連發的自動步槍，直接橫向掃射過去，讓眼前的整群蒼蠅不得好死。

想歸想，畢竟不切實際，她只能咬著下唇忍耐。

「抱歉，我想說的是，關於對家人的抹……」

「請問妳父親是不是有留幾位小弟供妳使喚？」

「怎麼可……」

「妳是不是有整形過？我們有找到妳高中時期的相片。」

「有，但這不是重點吧。」

「整形的原因和外遇有關對不對？」

「算了，既然你們沒打算聽我澄清，那我先去忙了。」

李明一定要離開現場，因爲她的忍耐已經到達極限，各種陰毒、卑劣的想法不斷地冒出來，恨不得立刻造成金萱各式獨特的死狀，讓這些嗜血的記者能夠盡情發揮。

她轉身。

「妳想逃避嗎？難道不用給消費者一個解釋嗎？」記者為了挽留受訪者使出渾身解數。

她止步，氣得發抖。

「妳欠社會大眾一個道歉。」

她回過頭，凶狠地瞪視不停提問的記者。

冷不防，一顆雞蛋飛來正中李明的額頭，蛋殼受到撞擊裂開，黃色與白色的蛋汁炸開，濃稠的黏性讓蛋殼慢慢地從鼻樑滑落，緊接著第二顆、第三顆雞蛋也全部命中她脆弱的身軀。

「第三者不得好死！敢動金萱，我先動妳！」有人怒吼。

現場一片混亂。

大半的記者擠去採訪丟雞蛋的民眾。

李明的腦袋嗡嗡作響，視線是一團漆黑的混沌，她快氣瘋了，已經記不清上一次遭受這樣的屈辱是何時。

身旁的祕書與助理不約而同脫掉自己的外套，冒著被蛋洗的風險，護在老闆身前，一起迅速地往後退，退到公司的大門內，另外有員工在一旁待命，緊急關閉鐵門，杜絕外頭的記者和無形的惡意。

自己是不是太笨、太軟弱了？李明掙脫開祕書的攙扶，抹掉臉上的蛋汁，獨自走向浴室。

直接鎖上門，讓公共空間變成私人空間，這種時刻她非常需要片刻的寧靜，因爲上述的問題，幾乎快讓理智喪失。

脫光衣服，她轉開蓮蓬頭的冷水，站在宛如傾盆的大雨中，無限的冷意總算能穩定憤怒燥熱的身軀。

好想讓名爲金萱的賤人徹底消失，有沒有能安全除掉她的方式呢？

短短的一個瞬間，李明就想到三個尙未打磨的計畫，只要再細細斟酌，排除掉不確定的因素，至少有七成把握讓新聞標題是「著名網紅意外身亡，粉絲不捨發文悼念」。

她走出淋浴間，任由殘餘的冷水滑過全身肌膚，落於尙未洩掉的積水，黑色的長髮有如惡毒的咒文，附著在臉龐、雙肩、後背，隱隱之中似有不尋常的氣息在流動。

李明從髒衣服中找到手機，再找到一組沉於通訊錄最底的號碼，撥出。

「喂，是謝律師嗎？」

「久違了，林音。」

「請問殺一個女人要多少錢？」

「一般人，五百萬能搞定，不過知名人士，我得跟妳收額外的費用，如何？」

「你果然瞭若指掌。」

「當然，我們又不是第一次交易了。」

□

金萱第一次見到李明，是在白熊的生日聚餐。

她明白自己的男朋友是一名低調過頭的人，始終討厭熱鬧人多的地方，情侶之間該過的各種節日，常被各種藉口搪塞。

沒辦法，每個人都有每個人的性格，既然要在一起就得適應……

不過，爲什麼李明爲白熊舉辦的生日聚餐，邀約了一、二十位朋友共襄盛舉，一樣約在ＫＴＶ這種吵死人的地點，自己的男朋友居然參加了，每一年都參加。

「爲什麼？」

「不參加，她會一直吵。」

「你的生日，爲什麼是由她舉辦？」

「不知道，一直以來都是這樣，可能是她很閒吧。」

白熊總是會這樣子笑著帶過。

金萱第一次見到李明，就說不上爲什麼總是感到厭惡，她對自己的外貌相當有信心，肯定不是因爲對方太過漂亮的無聊原因，本質上是對李明的說話語氣、肢體動作、服裝打扮，全都討厭。

只要跟李明多接觸幾次，就能夠隱隱約約地察覺到，這個女人在掩飾、這個女人在演戲。

那這個女人眞正的樣子是什麼？卻是一片迷霧，完全無法探知。這有兩種可能，第一種是戲精，第二種是她將眞正的自己，藏在太深太深的地方。

不只是對白熊，李明對所有人說話，總是帶著一股傻氣，笨笨的、毫無心機的樣子，舉手投足之間，把所有人當哥們，在女性基本的裝扮上，永遠是鴨舌帽加運動服，塗抹一層淡淡的唇膏，還是最不起眼的顏色。

男人就會覺得，哇，這種女孩好天眞可愛。

「你跟她是怎麼樣認識的?」

「高中同學。」

「如果是同學,她爲什麼要對你這麼好?」

「她對所有人都很好吧。」

白熊總是會這樣子笑著帶過,用吐槽老朋友的口吻。

說過許多次了,白熊是一根人形木頭,毫無浪漫的基因,沒有逢年過節的概念,雖說平時常贈送實用物品,卻未送過浪漫用的禮物,什麼驚喜、什麼感人皆與此男人絕緣。

奇怪的是,在某些節日的前後,譬如前年的聖誕節前一週,白熊沒意識到這是聖誕禮物的情況下,從李明那收到一支錶,錶連個盒子都沒,僅有本體掛在白熊手腕,造型異常地搶眼。

「誰送的?」

「李明夾娃娃機中的獎,她哪會戴這種假貨,隨手丟給我了。」

假貨?金萱偷偷拿去鑑定,市價近二十萬台幣,她總算是肯定自己對名牌的辨識力沒有出錯,李明過去說「用不到」、「淘汰品」、「朋友送的」、「百貨公司抽獎」……諸如此類的藉口，事實上，全是新穎的高價精品。

送禮送到這種程度，她終於確定有鬼了。

她選擇直接跟白熊攤牌。

「……眞的？這麼貴？」

「她到底是誰，爲什麼這麼有錢？」

「李明就是網拍賣內衣的啊。」

「賣內衣可以隨便就送二十萬的錶？她的賣場，你開給我看。」

「我不知道……我又沒問過，不過妳說的對，等等，這些，全部，我載去還給她，順便臭罵她一頓。」

「你先給我清楚交代，你們究竟是什麼關係？不要再用高中同學這種笑話騙我！」

「我們是老朋友，眞的，我不會騙妳，至於她送我的東西……可能是因爲我過去幫過她幾回。」

「幫什麼？」

「……」

「說啊，幫什麼？」

「這是人家私事，我答應過不再提起，過去就讓它過去吧。」

「連我都不能知道？」

「嗯，抱歉。」

白熊誠懇地道歉，態度越是誠懇，金萱的心傷得越深，長久相處，他一點一滴建立起的老實、笨拙、憨厚形象，在這一秒鐘用迅雷不及掩耳的速度崩塌。

羅馬不是一天造成的，龐貝卻是一夕消亡的。

「她比較重要，還是我？」

「妳。」

「我不信了。」

金萱說的不是氣話，而是一個結論。

她眞的很嫉妒李明，李明是個做自己的女人，頭髮亂糟糟的，戴一頂鴨舌帽就出門，突然覺得冷，隨手拿件外套就穿，口腹之慾一來，從不計算熱量先吃再說。

李明註定不必討好男人，反而這種自由奔放的風格，會吸引更多男人的注意，性格開朗活潑，跟誰都能成爲朋友，就連金萱明明很討厭這個人，也沒辦法清楚地羅列出她的錯誤。

對付這類女人最好的方法，便是點頭之交，井水不犯河水。

可惜，她明顯對自己的男人有興趣。

結束過去的回憶，金萱站在自己的家門前，耳朵聽著不斷響起的門鈴，眼睛看著對講機的螢幕，依舊是感到遺憾，白熊不出所料找上門來，見他表情憂鬱，九成九是爲了李明和她的公司吧。

「可惜，你來得太晚了。」

她無視連續的電鈴，踩著輕快愜意的腳步，嘴裡哼著不知名的童謠，像是期待開啓禮物的孩童。

難得素顏的面容有意無意地笑了，一路來到梳妝台前，注視鏡中黯淡的自己。

沒有任何笑意，深邃的瞳孔縮成一個小點，宛如即將崩塌成黑洞的恆星，恨意成了無止境的壓力。

毫無預警！

「哈。」她抓起一罐化妝水就往百般呵護的臉蛋敲，無保留、盡全力，徹底的怨念驅使的決心，然後痛苦地笑出聲。

好痛……真的太痛了，可是痛楚之後，即將迎來的是白熊的後悔莫及，腫起的下巴，就變得沒那麼痛。

咬緊牙，金萱再讓圓柱型的玻璃罐砸向鼻梁，劇烈的痛楚讓眼淚外溢，鼻孔落下一滴一滴的血……這樣夠了吧？她不禁這樣想，不過是做做樣子，應該夠了吧？可以停手……

「不夠！」她一邊尖叫驅散軟弱、一邊握緊化妝水瓶罐狠狠地自殘。

咚、咚咚咚咚咚！

眉尾破了，血濺出，化妝鏡血跡斑斑，她的腿一軟，滿桌的化妝品散落一地，再也無法復原。

□

無論生意做得多大，只要是值得交易的對象，謝律師一概一視同仁。

雖然僅是殺一個人，但他還是敬業地去詢問幾個有養殺手的幫派，羅列清楚價格與可行的特殊服務，五天之後才回撥電話給李明，客客氣氣的，完全是商人用的獨特語氣。

李明並不喜歡，也沒辦法批評，畢竟她早就體悟到，謝律師已經不是跟在德叔屁股後面的小卒，實在是招惹不起了。

「打擾了，現在有空講電話嗎？」

「應該可以。」李明確認躺在病床上的小菜睡著，摀著嘴巴，小聲地對著無線耳麥說話，整個人也躺在給家屬用的躺椅上，望向窗外明媚的天空。

這幾天公司的業務幾乎停擺，比起躲在公司面對記者，她還不如到醫院來照顧小菜，即便小菜即將要開刀去掉鋼釘，根本不需要別人照顧。

「ＯＫ，那我就簡短跟妳介紹一下詢問到的服務內容以及價格。」謝律師眞的很客氣。

「嗯。」

「先說一下聚合幫，他們要的價格是五百五十萬，殺人加棄屍包到好，他們有走私用的漁船，將人綁走、殺害、丟棄到太平洋，基本上可以做到跟人間蒸發的效果差不多，知名的老幫，不錯。」

「嗯。」

「再來是金四角，他們主要業務是販毒啦，最大的優勢是底下養著很多腦袋吸到壞掉的毒蟲，走在路上隨便來個一刀，就算當場被逮捕也無所謂，反正這種人渣大多有幻視、幻聽，說出來的話也沒有人相信，還算安全，價格便宜，只要兩百五十萬就可以了，缺點就是失敗率高，原因，妳懂的。」

「嗯。」

「最後是近期竄起的幫派，他們叫作三連義，目前還在做口碑的階段，價格相當低，只要四百萬。其實啊……我是最推薦這個，他們專門吸收外勞當殺手，在街上隨便開完槍就走，連屍體都不用收，立刻搭飛機回菲律賓、緬甸、越南，警方根本就沒轍……請問，妳有在聽嗎？」謝律師客氣地問。

「有。」李明面無表情地應了聲。

「好，我上次有說吧，目標是知名人物，價格要乘二或三，如果是再更高知名度的人物，可能出大錢也沒人敢接。」

「我懂。」

「對了，妳還得補我一筆跟蹤對象的費用，如果不知道目標確切的行程和生活範圍，沒有辦法動手，畢竟殺人跟殺雞不一樣，得要有前置作業。」

「嗯，我懂。」

「選好告訴我。」

「嗯。」

「等等……」

「怎麼了？」

「這下子，價格可能要乘三到四，而且……得等這個風頭過了再說。」謝律師匆忙地掛掉電話。

同一時間，李明的手機也響起獨特的提示音，不安的情緒迅速蔓延，一點開金萱的社群專頁……

果然不妙的預感是正確的。

金萱滿臉是傷，在鏡頭前口齒不清地崩潰大哭，在所有聊天室的粉絲心急焦慮、不斷地刷頻安撫之下，她才勉強控制住情緒，表現得如驚弓之鳥，渾身顫抖地道出詳情。

一個小時前，有一名蒙面的歹徒潛入家中，二話不說折磨、痛毆了她，卻不為錢、不為色，連一句解釋都沒有就走，留下滿身是傷的她自生自滅。

「我眞的以爲我會死……會被殺掉……對不起，請不要傷害我了……對不起……」金萱惶恐地對著不存在的凶手道歉，半張臉腫成紫青色，觸目心驚的傷口就這樣無情地留在原本姣好的臉蛋。

粉絲們的心都裂了，甚至瘋了，發誓要讓凶手付出代價。

收到訊息的記者開始騷動，本是食之無味、棄之可惜的外遇事件，一旦添加黑幫、恐嚇與鮮血，頓時就是能搶到爆炸性流量的滿漢全席。

警方收到民眾網路報案，深入了解認定此暴力事件會引起社會矚目，必須主動立案調查，方能展現掃黑決心。

李明沒有看完金萱的直播，便緩緩地將手機關閉，逃避即將湧入的海量訊息。

並沒有想像中天昏地暗的感覺，她冷靜且沉穩，浮躁的情緒內斂，明知之後會引發一連串嚴重的後果，也沒有即將失去所有的恐懼，反而在想白熊去買晚餐，爲什麼要這麼長的時間？

收起手機，抬起頭，小菜不知道什麼時候醒了，坐在床邊，用毫無雜質的雙眸凝視著她。

幽深的眼，深得空無一物的眼神，連帶讓她嬌弱的身子看起來像一團不透明的灰霧。

李明不禁看得痴了。

「妳相信這個世界有神明嗎？」小茱輕輕地問。

「……什麼？」

「有嗎？」

「妳是說神明？」

「對，神明。」

「我、我不知道……可能有嗎？」

「嗯。」

「爲什麼突然問這個？」

「單純好奇而已。」小茱摸摸自己的石膏，一樣輕聲道：「後天手術結束，我就要離開了。」

「咦？不是吧，醫生說過至少還要復健三個月。」李明坐了起來。

「沒關係，只要沒有鋼釘，我就自由了。」

「不行，復健是一定要的，況且手術過後還得等傷口癒合。」

「這段時間謝謝你們。」

「妳不要自顧自地說謝謝，先不管身體的疑慮，光是妳到現在回憶都沒恢復，就絕對不能出院。」李明在這點沒有退讓。

小菜只是微笑，側著頭研究髒髒的石膏。

李明更擔心了。

這個病房彷彿自成了一個小世界，當外頭的大世界因爲金萱的直播炸開了鍋，黑道小三派人毆打正宮的誇張新聞正以不可思議的速度傳播，而事主之一的李明卻深怕小菜搭著電動輪椅趁所有人不注意的空檔偷跑，在外頭迷路走失被壞人拐走。

她總覺得小菜對自己而言，是有獨特的意義存在。

「妳剛剛說謝謝我跟白熊對吧。」

「對。」

「那妳應該、應該報答我們才對，不可以不告而別。」

「哎呀。」

「妳要報答我們喔。」

「禮物……我已經給你們了。」小菜難得咧開嘴，純眞無邪地笑了，「遲早都會收到的。」

□

無形的風暴，肆虐在無形的網路世界。

宛若一切都與李明無關。

當金萱開直播哭訴遭到慘忍凌虐時，白熊只覺得一切都完了，這種劇烈的衝擊所帶來的頭暈目眩，遠比金萱抹黑自己是渣男還強烈一百倍，一個是大不了同歸於盡、一個是不知所措，連死都沒辦法解決的嚴重問題。

李明是不幸的，是白熊見過最不幸的人。

家庭背景極端複雜，父親是黑道正在服刑，留給她滿地的仇家，母親辛辛苦苦做小本生意養育女兒，卻遭到仇人追殺墜樓而亡。

外表總是裝得很堅強的李明在第二次家破人亡後徹底崩潰，至少半年失去基本的生活能力，好不容易靠著保險金重新站起來，接續母親的生意，找到一個活下去的目標……

卻要在今日被毀去了嗎？

被自己一手造的孽毀去。

白熊好恐懼，因爲他無計可施，在這樣的局面，什麼都辦不到。

回到病房，見到李明躺在小菜身旁熟睡，頓時感到鼻子好酸，連忙裝作不在意，提著一袋水果，悄然無聲地呆站著，深怕坐下會發出聲響，讓睡著的人不安穩。

小菜坐在床邊，輕拍著躺於病床的李明，像在哄小孩睡覺的母親，只差沒有哼出一首安眠曲。

白熊瞥見置物櫃上的沒電手機，終於理解這裡是唯一能躲避紛擾之所，四面牆隔出的小小病房，卻隔絕了外頭鋪天蓋地的惡意。

他感激地舉起水果，詢問小菜「吃嗎」的意思明顯。

小菜壓低聲量道：「先放著。」

「嗯……她怎麼睡著了？」

「因爲我跟她講了一個睡前故事。」

「什麼故事？」白熊見李明實在睡得太熟了，才放膽提高一點音量。

「龍的故事。」

「龍？」

「對，想聽？」

「好……」

「嗯，從前、從前，有一條惡龍。」

「惡龍？」

「長得窮凶惡極，人類皆不敢靠近其十里之內，四處宣揚惡龍的恐怖，卻沒有人知道，這條龍令人望而生畏又坑坑巴巴的表皮，是遍體鱗傷的殘跡，失去親屬，迷失前路，才不得不暫居於此。」

聽小棠說了起來，白熊小心翼翼地搬來一張椅子坐下。

「惡龍其實是一條幼龍，外觀天生巨大，讓人感到威脅並不是他的錯，而他失去了母親，根本什麼都不懂，只是覺得餓了就想要吃東西，不幸是這個東西剛好是無辜的人。」

「眞糟糕……」

「後來天上的神明看不下去，知道這樣子下去龍必定不容於世，便派了一個人去照顧他，給予他安逸的生活、充足的食物，龍漸漸地學會怎麼與人和平相處，從此之後都沒有再吃人，雙方幾十年的時間相安無事。可惜，光陰的不可逆性，迎來了悲傷的未來，畢竟人的壽命，比龍短得太多。」

「原來是悲劇收場。」

「不。」

「不是嗎？」

「故事的結尾是不是悲劇，決定於有沒有陪伴那條龍的人。」

「……」

「如果神明，再一次指派了一個人去照顧龍，那就很有可能是Happy Ending，反之，故事的走向就變得很難預測，是好是壞也沒有人知道了。」小茱遺憾地睜開眼睛，轉頭望向病房的門。

「那神明到底有沒有指……」白熊的話來不及說完。

護理師帶著兩名女警進來，連門都沒有敲，動作迅速且無禮，護理師原本還想出聲提醒，這是病患的病房，千萬不能打擾到養病的患者，沒想到女警直接迎上前去，立即發現熟睡的李明。

白熊擋在她們之間，縱使女警什麼都沒說。

「我可以保證，這一切都是污衊，金萱的傷和李明一點關係都沒有。」

「看起來，你們已經知道我們的來意。」

「如果你們需要解釋，或者需要證人，我跟妳們去，不要牽連到無辜的人。」

「你的名字也在我們的名單當中，但目前還不需要……抱歉，先生，請你讓開。」女警看似體格瘦小，但有恃無恐，外面還有四、五位男警在，只是因爲不方便進女性病房，待在門外守候。

「妳們不能這樣不講道理。」白熊不讓。

「我們就是想請她到警察局講道理。」

「她努力這麼多年，好不容易有了自己的公司，如果就這樣被你們帶到警察局去，那麼對形象的傷害太大了。」

「我們不是法院，沒辦法定她的罪。」

「一般的民眾不知道啊。」

女警不願意再多解釋，沉著臉，語氣不耐地說：「先生，這是第二次，請你讓開。」

「我沒辦法讓。」白熊毫無動搖。

「如果你再不讓的話，我們就只能用妨礙公務的罪名將你逮捕。」

「沒關係，反正她去哪我就去哪。」

「先生！」女警右手按槍，恫嚇。

外面的一名男警聽到聲音，嚴肅地大聲問：「學妹，裡面有麻煩嗎？」

「沒有！」回應的是坐在病床邊的李明，一副早就起床的樣子，「我跟你們去吧，不要吵到其他病患休息。」

「謝謝配合。」女警也不希望將事情鬧大。

白熊不甘心地對李明說：「妳到底是在想什麼？這件事跟妳一點關係都沒有。」

既定的事實沒辦法改變，李明下床穿上慢跑鞋，沒有理會白熊的不甘心，從小到大不甘心的事太多了，如果全部都要爭個對錯，遲早消磨殆盡而死。

但白熊不懂，還想開口阻止……

「別囉嗦了。」李明無所顧忌地跟著女警走，不忘回頭交代心如刀割的男人，「好好照顧小茱，等我回來吧。」

□

警察局外，十幾位記者與數十位金萱的粉絲聞訊而來，記者想訪問這位傳奇黑道大佬的女兒，利用小三欺壓正宮的狗血題材來創造一波點閱率高潮，台灣已經很久沒有這種令人恨得牙癢癢的惡女，觀眾對她的唾棄會全數轉化爲新聞台的養分。

而粉絲的目的就簡單多了……

他們就是要替天行道，讓李明付出代價。

這個當下，無形的風暴逐漸在現世成形，牽扯著所有的關聯者，就算沒半點關聯的人也會透過各式各樣的途徑，收看這一場好戲。

金萱不可能缺席，受到重創的臉包覆著不忍直視的厚厚綳帶，好好一個美人落得如此下場，怎麼能不博取同情心。

這幾天是她這輩子知名度最高的時刻，個人專頁的追蹤數暴增不說，超高的網路聲量讓她隨便一則發文，都有數十萬人瞧見。

這是力量，無限膨脹的力量，金萱亢奮得三天無法入眠，甚至產生一種自己無所不能的錯覺。

白熊也來到現場，可是無法靠近，首先他擔心自己被金萱的粉絲認出，引起公憤導致李明的處境更不利，再來，他去李明的公司借來一輛公務車，也不可能將車直直地駛進人群當中。

事實上，他的存在，就是讓李明萬劫不復的主因，只要出現在人群之前，容易激發出更多怒火，遮天蔽日地燒向無辜的李明。

無助與無力的失落感，讓他難得去買一罐酒放在駕駛座旁的杯架，直到冰涼的瓶身漸溫，依舊連扭開瓶蓋的力量都沒有，恨不得乾脆拿酒瓶砸向沒半點功用的腦袋，看能不能刺激出拯救李明的辦法……很可惜沒用，就算把頭敲爛也不會有辦法的。

李明是不是黑道老大之女？

是。

李明有沒有辦法驅動黑幫分子去傷害別人？

不可能。

如果能，高中生涯又怎麼會過得這副德性，還差點被混幫派的癟三學長綁走，母親還被黑道活生生逼死。

然而，這樣的解釋卻沒有人會相信。

人們只願意相信自己信的。

白熊將車開到一處視野較清楚的高點，打算等李明從警局出來，就第一時間開車過去開闢出一條通路，即便會發生危險衝突也在所不惜，絕不能讓她單獨面對宛若土狼的嗜血人群。

準備就緒，他先關閉引擎，目不轉睛地瞪著警局大門，雙手合十焦慮地祈禱，厚實的身軀忽然變得格外渺小、脆弱，彷彿只要一根手指頭輕輕一推，就能讓他碎成不起眼的粉末……

「拜託，什麼神都好，請幫幫李明……什麼神都好，請幫幫李明……拜託、拜託，幫幫她吧……」

「爲什麼他會認爲，李明需要神明幫忙？」白熊的車後座坐著三尊神，其中之一的城隍率先提出疑問。

這輛公務車不大，後座雖然標榜能坐三人，但小菜、阿爺、迎春幾乎擠在一塊，手臂貼著手臂，有幾分沙丁魚罐頭的意思。

「人就是這種生物，有事求神，沒事也求神，根本把我們當成狗使喚。」阿爺嘖了一聲，不滿。

小菜不認同，淡淡地說出自己的看法，「因爲人，被神害慘了。」

「妳這說法恰恰跟某個自大財神相反。」迎春指的當然是阿爺，「他總覺得人的不幸都是咎由自取，一找到機會就想玩弄人性，強調自己正確呢。」

被暗諷的財神難得沒有抗議、沒有反唇相譏，僅是玩弄胸前過長的領帶，不願意再發表意見，畢竟他早就領悟到一點……這個世界上，有一種問題，其實同時擁有很多答案的。

「謝謝你，阿爺。」小菜戳戳隔壁的財神。

「謝什麼？不是還沒賺到業績嗎？」

「和他們相處這麼長的時間很開心。」

「不是樂芙推薦白熊給妳的嗎？」

「不過，是你讓我將林音變成好人。」小菜害臊地憨笑幾聲。

上千年的光陰過去，恐怕是第一回有同類這樣感謝自己，阿爺反倒刻意裝作不在意，反問：「這點小事，至於嗎？」

「才不是小事，如果能讓林音變好，很神奇地，連帶白熊也會跟著變好。」

「腿都被他撞斷了，還在意他好不好？」

「在意，當然在意。」小茱說著說著，興高采烈起來，「當時白熊在酒吧旁的小巷遭到金萱的粉絲們毆打，我就很擔憂他再次失控、再次選擇暴力與仇恨，爲了確認他不會再犯一樣的錯，刻意冷眼旁觀的過程中，我深刻領悟到，很多時候的善惡，只在一念之間。」

「想當好人，結果被打成豬頭。」阿爺吐槽。

「可是，白熊學會控制自己，那他以後就不會傷害到別人了。」

「……眞是蠢神，就這點事高興成這樣。」

「自私一點說，是李明跟白熊證明了窮神不只是個人人唯恐避之不及的災厄，窮神並非只會奪取、只能帶來痛苦……光是這點，我就開心壞了。」

「別忘了，坐在駕駛座的男人，現在一副要去當自殺炸彈客的模樣，被關在警局的女人成了千夫所指，害我的業績一落千丈，假設她的公司倒閉，我這期的業績便不可能達標，到時候如果出現一個什麼瘋狂殺人財神，請不要覺得太意外。」

「阿爺。」

「幹嘛？」

「你明明就知道事情會怎麼發展，不要再製造懸念。」

「哇靠，妳跟人混在一起這麼久，連說話的方式都變得很戲劇欸。」

「阿爺，她可是我們從小看到大的林音呢。」小菜放鬆地靠向椅背，自信滿滿地雙手抱胸，「關於金萱的事情，她也許會困擾、會煎熬、會輾轉反側，但一切都是因爲她想要找到一個合乎母親交代的路徑，並不是沒有反擊的辦法。」

「喔？妳眞清楚。」阿爺眨眨眼睛，無法反駁，驚訝小菜的自信。

「喂，好像要下雨了。」迎春的頭靠在車窗，遠望著逐漸森然的天空，耳朵還能聽見，來自警察局門口的雜沓。

她用很獨特的角度，觀察天氣與人群的變化，然後得出一個結論。

「我想，有些人將會明白，什麼是眞正的暴風驟雨。」

□

李明受到不錯的待遇，坐在不知何處的空間中，悄悄觀察附近的狀況，可惜用不著多久便覺得自己很蠢，這裡僅有一張方鐵桌與兩張釘死的鐵椅、一盞沒亮的檯燈，其餘的，什麼都沒有，無窗，四面牆，牆面有斑駁與脫落的油漆。

原以為會像電視劇演的，脫光光搜身，再上手銬，關進暗無天日的拘留室，等著警察派人偵訊，誰知道假想的劇情全沒發生，目前遇到的警察還算客氣，給了一杯水喝。

日光燈的光線蒼白單調，簡直就是這間房間的縮影。

她頗有興致地繼續觀察著周圍。

不久，女警抱著一台筆記型電腦進來，開始一連串標準的公式化程序。

李明該回答什麼就回答什麼，態度配合，基本上沒有隱瞞，首先解釋自己跟黑道沒半分關係，絕不可能使喚打手去攻擊他人，另外，自己與白熊是好友，彼此沒有踰矩。

「依警察的身分來說，我們不管民眾的私生活，但依女人的身分以及妳們品牌的愛用者來說，不免想聽妳說說眞話。」年約三十的女警關掉錄音筆，以一種女性對女性的姿態，單純好奇地問。

大概是某種偵訊技巧吧，李明也不說破，客氣地說：「感謝購買，不過，就算我眞是第三者，我們的商品品質並不會變差。」

「可是我不會去支持第三者。」

「妳覺得……她眞的在乎我是不是第三者嗎？」李明掏出手機，迅速地連接金萱的現場直播，反轉，擺在桌面，推向對面的女警。

「一定在乎吧。」

「其實，她不在乎白熊、不在乎我、不在乎臉上的傷，金萱只在乎這串數字。」李明指向螢幕左上角的即時觀看人數，「她一心一意要獲得所有人關注，而我，只需要一個人的關注。」

「這個人，不能是別人的丈夫。」

「所以我不是第三者，我只是死心眼的可悲剩女。」

「大眾不這麼覺得。」

「那妳覺得這整起事件，最大的獲利者是不是她呢？」

「她是靠外貌吃飯的女人，有可能自殘容顏來栽贓他人嗎？」說到這，女警不免動怒，語氣不善，認爲李明說的正是惡人先告狀的標準台詞。

而女警的反問，同樣讓李明感到對方冥頑不靈，兩條平行的價值觀，永遠不可能有交集，李明不願意再浪費口水去辯解自己與白熊的清白，如果連製造出虛構的第三者來增加人氣這種事，女警都不信的話，自然也不會信有人可以透過自殘來讓敵人萬劫不復。

「妳有沒有遇過一種人，是能夠眞的做到不求回報？」李明換一個姿勢，側過頭撐著下巴，讓長髮流過桌面，「換個問題，假設妳十七歲，在班上已經是沒朋友的邊緣人物，卻意外發現有一名同學正在被其他同學欺壓，會怎麼做？」

「妳會認爲我選視而不見吧，但我從小就很有正義感。」女警不自覺地撫摸胸前警徽。

「不，妳一定會挺身而出幫助可憐的同學，獲得感激與師長的讚揚，說不定還能拿個小功或獎狀之類的。」

「……」

「但是白熊，我得設下陷阱，才能逮到是他幫我。」

「爲什麼？」

「因爲他知道不是每個得到幫助的人都會欣然接受，有的人受到幫助會覺得很可恥、很痛苦，只是身處絕境沒得選擇，咬著牙根被迫接受罷了……」李明搜刮出塵封許久的記憶，「妳絕不能體會不願面對的傷口，被拿去頒獎台公開展示的悲哀。」

「……」女警的臉色開始變換。

「沒錯，我的確愛著有婦之夫。」李明將雙手平擺於桌面，任由女警上銬的態勢，「如果你們覺得我不要臉，必須爲愛上一個人付出一切的代價，好，你們可以動手了。」

「……」

「請。」

「妳……」

「不過，白熊什麼都不知道，是我暗戀他而已，你們不要去爲難無辜的被害者。」李明很認眞，舉起待銬的雙手。

女警的資歷不深，但是分發到這個警察局裡來，也有將近四年的執勤時間，自然偵訊過各式各樣的嫌疑人，有的時候光是警徽帶來的威壓便使對方支支吾吾地招認，有的時候光看眼神以及輕微的肢體動作，就能夠判斷對方的心裡是不是有鬼。

而李明的眼神實在是太清澈了，清澈到不切實際的程度，原先故意提起婚外情的問題，是爲了突破她的心防，測驗她會不會流露出無法掩飾的七情六慾，找到線索推敲出金萱被傷害的眞相，沒想到，短短的幾句話交談，連冰咖啡都還沒送來，先動搖的居然是自己。

不能再被這樣帶著走，女警輕輕咳嗽幾聲，「我說過，私生活不在我們的管轄範圍，話題還是拉回來吧，來談談金萱遭受惡徒攻擊的事。」

「就是自導自演，沒什麼好說的。」

「妳看看手機螢幕，聊天室滿滿的網友，嘖嘖嘖，成千上萬的打氣留言，妳覺得自導自演這種說法誰信？」

「妳眞的想知道眞相嗎？」

「找到眞相，是我的工作。」

「好吧，那我有一個請求。」

「請說。」

「我想打電話給律師。」李明拿回手機，關閉金萱的現場直播。

「妳都說這麼多了，現在才想到找律師呀。」女警失笑。

「前陣子，我才想起很久很久以前，有人跟我說的一句話，她說『人生就如同一個裝滿的袋子，不失去，就再也裝不進任何東西』。」李明突然插入一段無關緊要的話。

「這表示？」

「表示……我需要有所作爲。」

「我不懂妳的意思，但要找律師沒關係。」女警抱起筆電站起，外表一如往常，內裡已經給自己不及格的分數，需要休息時間跟學長討論，「我等等會帶咖啡進來，美式還是拿鐵？」

「拿鐵，感謝。」

「不會。」女警轉身就走。

李明確認對方離去，也不管房間是不是安裝了竊聽器或針孔攝影機，滑著手機，喃喃自語道：「希望金萱失去所有之後，能重新在自己的袋子裝進東西。」

她撥出謝律師的號碼，電話的另一頭很快就接通。

「終於想通啦？」

「你好。」

「我很好，但妳不太好吧……」

「我也還好。」

「嗯，總算選好了嗎？要用哪家的殺手？」

「沒。」

「那妳找我幹嘛？」

「不是一直以來你都有派人在跟蹤她嗎？」

「是呀。」

「把她被傷害當天的影片公開在網路上吧，完完整整的。」

「什麼？」謝律師一頭霧水，腦筋還轉不過來。

「放心，相關費用我會出。」李明補充。

「不是錢的問題。」

「那還有什麼問題？」

「妳……嚥得下這口氣？妳真的是林音嗎？」謝律師已經無法將過去的那個十三歲魔童與電話另一端的女人聯繫起來了。

「我是李明，我不要她死。」李明慢慢地按下切斷通話鍵。

□

網路散播的速度有多快，金萱失去的速度就有多快。

謝律師不愧是秉持著顧客至上的精神，長達數小時的跟拍影片，還特地派人製作出快轉、有上字幕的精華版本。

短短五分鐘的短片其實想表現的內容很簡單，大致上分成四部分，第一個階段是「金萱正常地購物回家」、第二個階段是「白熊登門，但沒得到回應後離去」、第三個階段是「特地標示時間的子母畫面，母畫面是放金萱緊閉的家門，子畫面是金萱被暴徒毆打後開直播哭訴」、第四個階段是「直播結束，金萱獨自出門去看醫生」。

從頭到尾都沒出現進入金萱家中的人，更別說是李明派來行凶的黑道分子。

當短片連結剛出現在直播的聊天室，金萱根本沒注意到，畢竟上萬人在收看，每秒鐘都有數則留言出現。

漸漸地，粉絲們的發言速度慢了下來，這得是老練直播主才能發現的微妙之處，她僅是略有所感，並沒覺得不對勁。

陪著上萬人看著警察局的新聞轉播，金萱還沉浸在「感謝大家幫忙，讓壞人繩之以法」的情緒中，刻意將臉部的傷痕包紮得更誇張，穿著最保守的素色襯衫，連引以為傲的紫髮都任其褪成落魄的灰黑色。

等到手機不正常地連續震動，她才在鏡頭中點開手機收私訊，旋即，謝律師特製的短片連結持續性地湧入，見到畫面中出現自己，瞳孔立即放大且顫動。

不敢相信，並不是她不相信跟拍影片的眞實性，而是眞相公開的後果太慘烈，她沒有辦法相信，臉部肌肉在抽搐，火辣辣的舊傷復發，臉蛋扭曲成一團。

「抱歉……我、我要去廁所……」金萱幾乎是在哀鳴，完全不敢看向過往給予無限支持的聊天室。

踉踉蹌蹌的步伐，她沒辦法再待在鏡頭前了，趴在浴缸邊大口大口地喘氣，眼淚跟鼻涕同時失控，強忍著尖叫的衝動，將整部短片看完，腦袋僅是充斥著兩個字……完了。

原本還有準備備案計畫，也就是白熊。

家門的訪客對講機有拍到他的身影，一旦李明有什麼脫身的證據，便能將白熊栽贓成行凶的暴徒。

結果這段短片清楚拍到白熊根本沒進屋，備案計畫胎死腹中，現在已經沒有別的方式能轉移焦點了，她又氣又急咒罵著不要臉的狗仔隊全家不得好死。

該怎麼辦？

某個婦女基金會要請她演講分享這段經歷，有間出版社已經找好寫手要由她口述這段感情的心路歷程……更別說幾乎是塞爆收信匣的各式邀約，其中有兩名百萬級別的網紅想要合作。

這些，該怎麼辦？

整張臉扭猙獰變形，發狂似地哀號，把掌中的手機扔出，碰撞在牆面上，整體爆開零件散落一地，金萱扯掉臉上的包紮，號啕大哭地衝出廁所，用力砸爛整套直播用的電腦設備，強制斷絕對外的聯繫，用鴕鳥心態關閉即將到來的文字襲擊。

這是她想出唯一的辦法。

一旦短片放到網路上，就沒有人能夠阻擋了，無解，心知肚明的金萱拉扯身上襯衫，放聲地尖叫，實際上，就算獻祭自己的生命給神明也不可能阻止。

失去擁有的所有，已然是必定的結果，她撕心裂肺、懊惱悔恨，卻只能眼睜睜看著這個必定的結果發生，即便蒙住雙眼、斷絕網路，都不能阻止，連暫緩一秒鐘都辦不到。

在金萱敲爛電腦設備之際，直播同時間斷訊，成千上萬的網友感到莫名其妙，就會自行去尋找真相，代表真相的短片連結就高高掛在討論區最顯眼的地方，一點進去看是滿滿的征討撻伐與落井下石。

「果然是自導自演」、「我就說被打後不看醫生開直播很可笑」、「想紅想瘋了」、「可憐的粉絲被利用得真徹底」、「早就懷疑有鬼」、「這種愛攀的女人一定有問題」、「自己都跟不夜尊有一腿還敢指責別人」、「現在還堵在警局的蠢蛋該怎麼面對」、「今年度最爆笑新聞產生」……

「很失望」。

站在警察局門口的少年難掩失望，同時爲義憤塡膺要來替金萱討公道的自己感到不値，他扭頭就走，要在天空落下大雨前回家，再將金萱相關周邊商品全部扔掉。

他先走了，拋下仍覺得茫然、不解、難以置信的夥伴，沒有瞧見李明走出警察局的樣子。

同一時間，白熊還不清楚網路上發生巨大的變故，遠遠看到李明落寞的身影出現，趕緊開車靠過去，讓她能直接上車，不必面對大批的粉絲和記者。

他輕輕按喇叭，本來還擔心會被白眼，但神奇的是……這群金萱的死忠粉絲並沒有之前那般攝人而噬，反而一一失魂落魄地退開，給車慢慢前進的機會。

李明環視一圈，是想找個出路，抬起頭確認天空陰鬱好像隨時會下雨，更是焦急地想逃離這裡。

耳朵突然聽見熟悉的喇叭聲，踮起腳尖看到是公司的車，她總算從四面八方的壓迫中，展露出彌足珍貴的笑容。

周遭都是人，幸好金萱的粉絲全陷入一種困惑的痴呆狀況，呆呆地站著、呆呆地望著手機，讓身軀隨波逐流，像是長在海底的海草忽然被移植到了馬路旁邊，然而，等候的記者就完全不同了，有如飢餓許久的鯊魚，一窩蜂朝李明游去。

正面與側面全被記者的麥克風堵死了，李明不想回答問題，更不願在這種時候去補金萱一刀。

她一臉尷尬地連聲道歉，一面拒絕記者的提問、一面朝公司的車前進，但速度慢到幾乎等於動彈不得。

在這樣無助的時刻，李明從人縫中看見有人下車，來拯救自己的果然不是帥氣的白馬王子，而是又憨又大的黑熊王子……想到這，不禁噗哧一聲笑了出來。

有幾名眼光比較銳利的攝影大哥，見到李明的笑如永凍的冰山融解，綻放出一朵春色的花，手上的快門就沒有停過，比挖掘出獨家新聞還要興奮。

「這裡！」李明高舉雙手揮舞，呼喚著命中註定的男人。

無論是過去、現在，無論是貧窮、富裕，會義無反顧拯救自己的人，總是白熊。

「喂，我在……咦？」

正在揮手的李明突然感到不太對勁，笑容凍結重新冰封凝固，現場的時間也跟著凍結了，變得好慢好慢……

她緩緩地放下手，輕觸自己的腹側，指尖沾著鮮紅、溫熱的血液。

血很快暈開一片，從衣襬流下褲管，最終嗒嗒墜於地……

現場的時間瞬間恢復，數名女記者扯開喉嚨尖叫。

有的女記者就是因爲怕血才從社會線改跑娛樂圈，當場暈厥倒地不醒，現場一團混亂，摔倒、推擠、踩壓，直播的鏡頭劇烈晃動，震撼螢幕前收視的萬千網友。

拍下凶手持刀突襲李明的畫面，攝影大哥大喊：「那個怪異的雞冠頭，不要讓他跑了！」

即便如此，也沒有人去追凶手，擺在眼前的是必會轟動社會的新聞，哪有空去分心於一名早就消失無蹤的人，李明才是重中之重。

李明一眼望過去，忽然格外清醒的腦袋馬上就判斷出這裡有三種人……

第一種是敬業的人，在如此慌亂的時刻仍堅守崗位，鏡頭對準自己，快門聲沒有停過；第二種是小心的人，一開始叫囂得凶，嚷嚷著要自己付出代價，沒想到眞有人動手了，卻害怕得連忙逃命，生怕意外被牽連；第三種是好奇的人，站得遠遠地觀察自己喪命的過程，就連進警察局報案的時間都沒有，不願意放棄任何難得的精采片段。

已經站不穩了，李明搖搖晃晃，按著不停冒血的傷口，無聲地哈哈大笑，欣賞最眞實、最美妙的眾生之相。

「笑什麼笑啊妳！」

白熊總算排除萬難，攔腰抱起李明就往車的方向走。

他的體格壯碩，雙目如獄火燒紅，整臉的青筋賁起，猶如眞會當街殺人的惡鬼，一路移動無人敢擋路，硬是逼出一條暢通的窄路直接通往副駕駛座。

「這條毛巾給妳，妳先壓緊傷口，醫院不遠，不要緊張！」白熊一坐上駕駛座，立即猛踩油門，撞死人也在所不惜的氣勢。

「我沒有緊張。」李明只是覺得挺有趣，就算殷紅的血已經弄髒了眞皮座墊。

「妳不要說話，讓我專心開車。」

「可是我再不說就沒機會了。」

「胡說八道，就那一點小傷口，流了一丁點血……馬的，怎麼會這麼多？妳到底有沒有給我壓緊啊！」

「有啦，只是……算了，不重要。」

「妳都不會覺得痛嗎？」

「很痛，可是我又覺得很幸福。」

「果然是失血過多，腦袋出問題了，操！」

「抱歉，我現在是迴光返照，腦袋無比清楚好不好。」

「拜託，不要跟我開這種玩笑，算是我拜託妳。」

「沒在開玩笑，我是眞的覺得很幸福。」

「胡扯！」

「至少在死之前，能夠確定你的心裡有我，這還不夠幸福嗎？」

整台車高速飛奔，一路上的引擎從沒緩過，李明連坐都坐得不穩。

「先閉嘴，醫院五分鐘會到。」白熊努力地要讓承諾實現，最近的急診室卻在十五公里外。

他幾乎是不碰煞車踏板了，能超的車一定超，能闖的紅燈一定闖，呼嘯衝過斑馬線，引來許多路人辱罵，逆向行駛製造出很多險情與憤怒的喇叭聲，可是這些全被拋諸腦後，能救下李明是整個台灣，乃至整個宇宙最重要的事。

「開慢一點，我不想跟你一起死。」李明的臉已經沒有血色，嘴唇微微發紫。

「妳不會死！」白熊重敲方向盤，油門踩得更深。

「你不要太難過，這本來就是我該受的報應……誰教我這輩子實在傷害太多人了。」

「就算妳壞事做盡、就算妳十惡不赦，在吃過這麼多苦後，也算是償還完了。」

「沒有那麼簡單。」

「等醫生治好妳的傷，會證明我說得對。」

「你開慢一點，這段路……很好……不要讓醫生打擾我們聊天。」

「妳康復，想聊多久都行。」

「啊，好吧……那等我復元之後，我就要跟心上人告白。」

「妳不要故意立這種死旗！夠了！」白熊真是又氣又急。

「那我就要趁現在告白……」李明幸福洋溢地慘笑，「我喜歡你，一直以來都喜歡你。」

「……」

「不要……不吭聲吧。」

「現在……別說這種事。」

「我偏偏想說。」

「……不管是跟金萱交往或結婚，我都是第一個告訴妳，為什麼……為什麼妳不阻止我？」

「刻意阻止的話，你就會知道我表面的壞脾氣……其實都是在吃醋，這實在太丟臉了啊……」

「我真的是搞不懂妳！」白熊狂按喇叭，驅趕車速漸慢的前車。

「我也搞不懂自己……哈、哈哈……」李明一笑就感受到來自腹部的劇痛。

遺憾的是，前方的車陣幾乎停滯了，這就是交通惡化的後遺症，稍微有個擦撞，車速一旦放緩，立刻就會堵車，好好的兩線道彷彿被無情地按下停止鍵，止於某位悲痛駕駛的氣急敗壞。

白熊一直按著喇叭不放，刺耳的聲響貫通整條堵塞的道路。

「快動、快動，快動啊啊啊！該死的交通、該死的凶手，全部都該死！」

「被刺的又不是你，你幹嘛這麼激動啊？」

「有種妳再說一次看看。」白熊怒目圓睜，忽然想起李明也曾對自己說過這句話。

「看吧……就說你也是喜歡我的嘛……」李明慢慢地抬起顫動的手，想要撫摸白熊的臉頰，但是指尖與心上人的距離，卻始終沒有辦法縮短。

沒力氣了。

不得不放棄了。

李明的手已經抵擋不了命運，也抵擋不了地心引力，虛脫地墜落。

「再見了……白熊，下輩子，我一定要少……少做壞事……成爲配得上你的女人……」

第2.8章 白姓攝影師

「嗯，這兩個案子的故事，大致上就告一個段落了。」

小菜微微彎腰，朝閱讀這篇故事的讀者鞠躬。

口述的過去橫跨數年的光陰，但在這個墓園僅僅是度過幾個小時。

如冥紙散落的黃色落葉，依然如同死者祭典揮撒出的漫天飛舞，成爲故事最動態的背景，至於李氏之墓碑上的相片，更是永遠不會再變，彷彿定格在最美好的時光，榮枯休咎。

她拍拍手掌上的灰，慢慢地走向產生依賴之情的輪椅，順手撿起一片落葉，一屁股坐進舒適的代步工具，上半身由棒球選手親簽的T恤迎風鼓起，喪鐘這兩個矚目大字跟著飄忽不定，長髮被梳至胸口綁緊，沒有變成披頭散髮的瘋子。

「那各位，我先告辭。」她一副工作完成要回家休息的模樣，「什麼？希望我多說一些？」

「不不不，所謂的後記是由小說作者來寫的吧，怎麼會是我……喔，我嗎？說什麼都可以？」

小菜一臉疲憊，天生不太會拒絕別人，一手肘撐在輪椅的扶把，再撐著臉頰，試圖用笨拙的語言能力道出更多背後的詳情。

「好吧，我突然想到……關於我們可以突破界線限制對談的事，嗯，該從何講起呢，就從李明認知到我不屬於塵世說起吧。其實，我有一個很嚴重的疏忽，就在依阿爺建議利用保險逼走紅龍的過程中，直接要求李明取一大筆錢去替白熊保險，其實是非常不合乎塵世常理的。」

「更意外的是，李明竟然隱隱約約猜到我不是屬於塵世的存在，這點，完全是犯了天庭的大忌，屬於嚴重干涉塵世的層次，害我提心吊膽深怕被城隍逮捕……當然，我還能在這說故事就代表她守口如瓶，天庭沒有想懲處我的跡象。」

小菜驚覺說話太過大聲，連忙左顧右盼，確認附近無神，才吐吐舌頭繼續與讀者談話。

「大概會好奇，她是怎麼發現的吧？其實……我曾經偽裝成賣口香糖的身障人士接近過高中時期的林音，數年的時間過去，我的外貌不變，再加上醫院方、警方無論怎麼查都找不到我的底細，她就認定我絕非常人。」

「眞可怕的傢伙，不過是談幾句話，她竟然能夠想起來是我，即便不清楚我是神明的身分，卻執著地認定我有超乎現實的能力。」

「所以，當我提出替白熊保險這種詭異的要求時，她根本沒猶豫就答應了，這份不可思議的果斷與直覺……難怪阿爺視她爲珍寶，一路費盡苦心導正心性，無微不至、加倍呵護。」

小菜的語調逐漸低沉，想到了什麼，卻又說不出口，鬱悶全化成一聲嘆息。

「可惜，唉，那充滿因果循環的一刀……算了、算了，不談這個。」

「兩椿案子，我分別和林音、金萱結緣，先從林音來說，我幾乎是動用最高段的窮神神權，卻依舊擋不住外部插手的力道，以及一名母親犧牲自我的成全，惠姨墜樓而亡，林音取得鉅額遺產，我的業績隨之沉入地獄。」

想到當初如坐針氈、山窮水盡的艱苦生活，小菜打了一個冷顫。

「還好阿爺不斷地救濟，才讓我撐過這段艱辛的歲月……什麼？喔，你說阿爺不就是害我陷入這般田地的罪魁禍首？」

小菜呆滯了幾秒鐘，張大眼睛，然後再呆滯了幾秒鐘。

「說的也是，不過、不過……他還是挺照顧我的。先不說他了，我繼續說第二件案子，正是與金萱結緣，這讓我的業績大進補，一直到現在都保有餘裕，擔任窮神的漫長時光，就屬這陣子最不愁了。」

她發自內心地笑一笑，死白的臉蛋有了難得的嬌憨，若有似無的，對過去的困惑、對窮神神職的意義，得到一個可行的解釋，慢慢地抹去自卑。

「以前阿爺常常掛在嘴邊說『此世無神』，一切的善與罪皆是人的自我選擇，我不認同，他就說我是笨蛋，時不時奚落我天真，結果呢？事實證明對的是我。」

「腿斷住院的無聊日子，李明送我一台手機，躺在病床無事可做，開始學會安裝遊戲來玩，一見到琳琅滿目的商城，驚覺這簡直是窮神的絕佳賺業績……咳咳，沒事，扯遠了，抱歉，我想說的是，有一天啊，我不小心安裝一款復古遊戲……」

「但是我沒有玩到廢寢忘食，也沒有因此忘記了窮神的工作，就、就只是玩得稍微認眞了一點，絕對沒有所謂手遊成癮的問題，我保證沒這回事，大家都能信任我吧？嗯，反正這不是我想說的重點啦，哎喲……」

她似乎是意外透露什麼祕密，眼神旋即飄忽不定，顧左右而言他，很快就發現自己是此地無銀三百兩，趕快認眞起來，假裝剛剛什麼都沒說。

「遊戲的內容大致是讓玩家扮演勇者，出城尋找夥伴，冒險鍛鍊茁壯，最終目標是打倒禍亂世界的惡龍。其實吶，人生也是這樣子，每個人都會有一個使命存在，努力奮鬥朝目標邁進，然而，中途要怎麼訓練自己、要穿上怎樣的裝備、要尋找怎樣的隊友、要採用怎樣的戰術，甚至，最後要不要去打倒惡龍，都是人自己的選擇，與神明沒有關係。」

「不過，打開一個寶箱，可能掉出的是絕世的神劍，也有可能是生鏽的鐵劍，這表示，人生途中的際遇，確實是受到神明影響。」

小菜毫無保留，一口氣說出這些年自己的感悟，像分享給素未謀面的筆友，想談什麼，就談什麼，不在意反駁、不在意反應，下了筆，書寫著平常不敢說的事，得到了不再畏首畏尾的暢快。

「老實說，沒有神明瞭解爲什麼會有這樣的機制，爲什麼會分出了兩條平行卻又截然不同的世界線，很多神明嘗試去尋找根源的答案，可是我們沒有歷史、沒有遺跡，只有一道門，叫作天庭。」

「可以到處去問，全部通通一樣，每一個神明所得知的第一個記憶，便是『我是某某神，需要做某某工作，必須滿足某某某的業績』，然後去當實習神明，跟在前輩的屁股後面學個幾年，就能開始獨自出來執行業務。」

「所以你就算是追問我，神的世界到底是怎麼回事，我、我也是一頭霧水呀。」

小菜聳聳肩，表示自己無能爲力。

「關於其他神明的事，因爲我沒有什麼朋友……幾乎搞不清楚，至於窮神這份工作，透過我說的兩個故事，相信你也能夠理解，雖然人們都討厭我們，認爲窮神不祥，恨不得將我們驅逐出去，離得越遠越好，可是，窮神的存在帶有維持塵世機運平衡的意義，每一回花開，都是爲了凋零，沒有失去，也就沒有得到。」

她緩緩地撥開遮住臉的髮絲，露出半張臉，及一粒圓潤水亮的眼睛，罕見地鼓起勇氣，對人開開玩笑。

「不管你多討厭，我還是會堅持下去的，不如看開一點嘛，是不是？被窮神纏上，未必全是壞事啊……」

「啥，你問爲什麼不跟白熊結緣，這樣就能賺到很多業績……哇，好殘忍的人，你家住哪？要不我去找你？」

小菜一邊搖頭、一邊駕駛電動輪椅離開，眉眼間充滿鄙視，但嘴角還是帶著微微的笑意，揮揮手與讀者道別。

一生總有這樣的時刻，被逼至絕境，身後便是深淵，被趕至谷底，舉目盡是漆黑，如果能有一道光芒，即便是虛幻的、是微弱的，卻可以產生堅持下去的力量，這個時刻，被稱作命運，這道光，被稱作相信。

她相信無論是誰，都有善的可能。

直到小菜的身影即將消失在讀者的視野，她才輕輕地說出心中真正的答案。

「我們有一條不成文的鐵律，窮神奪走身外之物，但絕不奪走希望。」

《超無聊窮神》第一集 完

國家圖書館出版品預行編目資料

超無聊窮神 / 林明亞 著.——初版.——
台北市：蓋亞文化，2020.07
面；　公分.——
ISBN　978-986-319-493-4(第1冊：平裝)

863.57　　　　109008588

ST017

超無聊窮神 1

作　　者　林明亞
封面插畫　小G瑋
封面裝幀　莊謹銘
責任編輯　盧琬萱
主　　編　黃致雲
總 編 輯　沈育如
發 行 人　陳常智
出 版 社　蓋亞文化有限公司
地址：台北市103大同區承德路二段75巷35號1樓
電話：02-2558-5438　傳真：02-2558-5439
電子信箱：gaea@gaeabooks.com.tw
投稿信箱：editor@gaeabooks.com.tw
郵撥帳號　19769541　戶名：蓋亞文化有限公司
法律顧問　宇達經貿法律事務所
總 經 銷　聯合發行股份有限公司
地址：新北市新店區寶橋路二三五巷六弄六號二樓
電話：02-2917-8022　傳真：02-2915-6275
港澳地區　一代匯集
地址：九龍旺角塘尾道64號龍駒企業大廈10樓B&D室
電話：+852-2783-8102　傳真：+852-2396-0050
初版一刷　2020年07月
定　　價　新台幣 280 元
Published and printed in Taiwan

ISBN 978-986-319-493-4

GAEA

GAEA